ये कहानियां उस समय लिखी गई थीं जब 1975-77 में भारत में आपातूकाल घोषित कर दिया गया था और राष्ट्रीय स्वयंसेवक संघ पर प्रतिबंध लगने के कारण युवा नरेन्द्र मोदी को भूमिगत होना पड़ा। पुलिस व गुप्तचर विभाग से बचने के लिए किया गया एकांतवास और अज्ञातवास उनके लिए एक प्रकार से वरदान साबित हुआ। जिसमें—'अध्ययन तो बढ़ा ही परंतु साथ ही साथ मुझे संयोगों ने लेखन की ओर प्रेरित किया। धीरे-धीरे लेखनी की ताकत का महत्त्व समझ में आया।' इसी दौरान युवा नरेन्द्र मोदी का संवेदनशील मन समाज और जीवन के प्रवाह का आकलन करता रहा और फलस्वरूप 'प्रेमतीर्थ' पुस्तक का सृजन हुआ। इन सभी कहानियों का केंद्र-बिंदु मातृत्व प्रेम के अलग-अलग रूप हैं।

प्रेमतीर्थ

नरेन्द्र मोदी

अनुवाद
आलोक गुप्त

ISBN : 9789350642368

प्रथम संस्करण : 2014, दूसरा संस्करण : 2019

© नरेन्द्र मोदी

हिन्दी अनुवाद © राजपाल एण्ड सन्ज़

PREMTEERTHA (Stories) by Narendra Modi

राजपाल एण्ड सन्ज़

1590, मदरसा रोड, कश्मीरी गेट, दिल्ली-110006

फोन : 011-23869812, 23865483, 23867791

website : www.rajpalpublishing.com

e-mail : sales@rajpalpublishing.com

www.facebook.com/rajpalandsons

दिव्य पुंज
रूप
समस्त मातृशक्ति
के श्री चरणों में

क्रम

कुछ...बातें...ऐसे ही

'प्रेमतीर्थ'
एक छोटा-सा कहानी-संग्रह
लेकर आया हूँ साहित्य रसिकों
के बीच

वर्षों पहले
अलग-अलग समय और
भिन्न-भिन्न वातावरण में
लिखी गई थीं
ये कहानियाँ

'प्रेमतीर्थ' साहित्य की कसौटी पर
परखने योग्य संग्रह है या नहीं
मुझे इसका पता नहीं है

हाँ...'प्रेमतीर्थ' में
लगाव का भींनापन...

सम्बन्धों की सच्चाई का शंखनाद
वेदना की चीख
के साथ
संवेदनाओं की खुशबू
फैलती, प्रसरित और अनुभवित होती है

मातृशक्ति की
निर्मल प्रेमधारा
लुप्त सरस्वती की तरह
अविरत बह रही है
इसका दर्शन नहीं सिर्फ अनुभूति ही होगी

यह कहानी-संग्रह
हम सबकी अनुभूति को
एक धागे से बाँधता है
और अनुमोदित करता है

कुछ लिखा जाए या छप जाए
उससे साहित्यकार की श्रेणी में
बैठने की योग्यता आ जाती है
मुझे ऐसा भ्रम नहीं है।

अविरत बहती गंगा धारा की तरह
मेरे भीतर भी साहित्य का प्रवाह
बहता रहा हो ऐसा सौभाग्य
मुझे नहीं मिला

हाँ...वर्षा ऋतु के बाद
कुछ समय के लिए बहते
झरनों की तरह कभी-कभार
चल निकले झरने ने
शब्दों का साथ खोज लिया है

यह शब्दमाला सहज रूप से
देवी सरस्वती के चरणों में
रखता हूँ।

मित्रों के प्रेमपूर्वक आग्रह से
इधर-उधर प्रकाशित
ये कहानियाँ
यहाँ संकलित हो पाई हैं

विचारों के वैभव से भरपूर
श्री गुणवंत शाह ने 'आमुख' में
'प्रेमतीर्थ' का केन्द्रीय तत्व उजागर किया
व्यस्तता के बावजूद
उन्होंने जो भाव प्रकट किया है
उसके लिए व्यक्तिगत रूप से ऋणी हूँ

प्रवीण प्रकाशन प्रा.लि. और गोपालभाई
भी अभिनंदन के अधिकारी हैं

संगृहीत प्रत्येक कहानी का
आस्वादन कराने का एक नया विचार मन में आया

मेरे अनुसार गुजराती में
ऐसा अभिनव प्रयोग पहली बार हुआ है
आस्वादन करवाने वाले साहित्य जगत के अग्रणियों ने
समय निकालकर भावपूर्वक रसास्वादन करवाया
उन सभी का आभारी हूँ।

पाठक मित्रो,
न तो यह पुस्तक प्रेमतीर्थ है
और न यह प्रेमतीर्थ का पता है

प्रेमतीर्थ किसी स्थपति द्वारा
निर्मित कोई स्थल नहीं है

प्रेमतीर्थ
आपके भीतर है
प्रेमतीर्थ का पता
कईयों की पहुँच में होगा
तो कईयों की पकड़ में होगा

प्रेमतीर्थ का
आवास
आपका हृदय ही है

प्रेमतीर्थ
आपके आस-पास है

आपकी जीवन यात्रा के
हर एक मोड़ पर
प्रेमतीर्थ का प्रकाश है
प्रेमध्वनि का निनाद है

झंझावाती ज़िन्दगी में
पल दो पल का समय
निकालोगे
और अन्दर झाँकोगे
तो तुम्हें भी
भव्य दिव्य प्रेमतीर्थ के
दर्शन हुए बिना
नहीं रहेंगे।

—नरेन्द्र मोदी

अनुवादक की ओर से

'प्रेमतीर्थ' गुजरात के मुख्यमन्त्री नरेन्द्र मोदी की गुजराती कहानियों का संकलन है जिसमें संगृहीत कहानियाँ पिछली सदी की 'चाँदनी' और 'आराम' जैसी लोकप्रिय पत्रिकाओं में प्रकाशित हो चुकी हैं। मित्रों के अनुरोध पर उन्होंने यह संकलन प्रकाशित करवाया है। इतना ही नहीं, प्रत्येक कहानी पर गुजराती साहित्यकार द्वारा की गई समीक्षा भी कहानी के बाद संलग्न है। अपनी तरह का यह एक अनूठा प्रयोग है। इन कहानियों को पढ़ते हुए लगा कि भले ही यह एक राज्य के मुख्यमन्त्री की कहानियाँ हों और उनकी प्रतिष्ठा और प्रसिद्धि से इन्हें अतिरिक्त महत्त्व दिया गया हो, लेकिन इन कहानियों में विचार और संवेदना का ऐसा समावेश है, मूल्यों के प्रति इतना तीव्र समर्पण है, प्रस्तुति में कौतूहल और जिज्ञासावृत्ति को बनाये रखने की ऐसी अद्भुत क्षमता है जो पाठक को बाँधे रखने में सक्षम है।

गुजराती के प्रतिष्ठित निबन्धकार एवं स्तम्भकार श्री गुणवंत शाह ने संग्रह की आठ कहानियों की केन्द्रीय संवेदना को 'मातृत्व का मानसरोवर' नाम दिया है। श्री नरेन्द्र मोदी ने अपनी विशिष्ट शैली में भूमिका में लिखा—प्रेमतीर्थ में लगाव का भीनापन...सम्बन्धों की सच्चाई के उद्घोष, वेदना की पुकार के साथ संवेदनाओं की अनुभूति होती है।

उन्होंने प्रेमतीर्थ का स्थान पाठक का हृदय बताया—'ज़िन्दगी के झंझावात

में पल-दो-पल का समय निकालोगे और अन्दर झाँकोगे, तो तुम्हें भी भव्य प्रेमतीर्थ के दर्शन अवश्य होंगे।'

अनुवाद की भाषा को सरल और सहज बनाये रखने का प्रयास किया गया है। कहानी में प्रवाह बनाये रखने के लिए लम्बे वाक्यों के स्थान पर छोटे-छोटे वाक्यों का प्रयोग किया गया है। 'लगाव का अंकुर' कहानी के पात्रों के नाम 'झरना' (स्त्री) और 'झील' (पुरुष) के स्थान पर 'निर्झरी' और 'शैल' किए हैं क्योंकि हिन्दी में 'झरना' पुल्लिंग और 'झील' स्त्रीलिंग होता है। बीच-बीच में कहानियों में काव्यात्मक अंश भी आते हैं जिनका अनुवाद करते हुए लेखक के साहित्य प्रेम का विशेष परिचय मिला है। हिन्दी के पाठकों को इन कहानियों के द्वारा युवा नरेन्द्र मोदी के रचनात्मक व्यक्तित्व से परिचित होने का अवसर मिलेगा। इन कहानियों के माध्यम से गुजरात के मुख्यमन्त्री के व्यक्तित्व के सर्वथा भिन्न उस आयाम को भी देखा जा सकता है। यहाँ संवेदनशील, मूल्य समर्पित, आदर्शवादी युवा लेखक के मनोजगत के द्वन्द्व और आकांक्षा को जानने-समझने की पर्याप्त सामग्री है। मुझे खुशी है कि मुझे इनका अनुवाद करने और हिन्दी के पाठकों के लिए प्रस्तुत करने का सुअवसर मिला।

16 अगस्त, 2013

—**आलोक गुप्त**
प्रोफेसर एवं विभागाध्यक्ष,
गुजरात केन्द्रीय विश्वविद्यालय,
गाँधीनगर, गुजरात।

मातृत्व का मानसरोवर

—गुणवंत शाह*

मुझे पक्का विश्वास है कि कहानी की खोज माता ने ही की होगी। सभी के सामने कहानी कहने का प्रारम्भ भगवान बुद्ध से हुआ होगा, ऐसा कह सकते हैं। धर्मानन्द कोसंबी ने 'बुद्धचरित' लिखा था, उसकी प्रस्तावना में काकासाहब कालेलकर ने लिखा है : ''किसी भी धर्म, पंथ या सम्प्रदाय की जो विशेषताएँ होती हैं, वे अपने सूक्ष्म रूप में उसके संस्थापक के जीवन में होनी ही चाहिए। यदि यह बात सही हो तो गौतम बुद्ध में सुन्दर कहानी की कला, तात्विक चर्चा करने का कौशल और प्रत्येक परिस्थिति का काव्य पहचानने की दृष्टि होनी चाहिए।''

सारी दुनिया में आज भी जैन कथाओं और सूफी कथाओं की बढ़ती लोकप्रियता कहानी के भविष्य के बारे में हमें आश्वस्त बनाती है। कहानी के शिल्प विधान पर कुछ भी लिखने का मेरा अनुभव कुछ सीमित है। प्रचंड प्रेमाकर्षण नहीं होता तो इस कहानी-संग्रह की प्रस्तावना लिखने का मैं साहस नहीं करता। 'प्रेमतीर्थ' की सभी कहानियों का मर्म बिन्दु मातृत्व के मनोहर मानसरोवर का जलबिन्दु है। कहानीकार श्री नरेन्द्र मोदी ने ये सभी कहानियाँ युवावस्था में लिखी थीं। उस युवा नरेन्द्र मोदी का मुख्यमन्त्री नरेन्द्र मोदी के साथ कुछ लेना-देना नहीं है। पाठक और इस प्रस्तावना लिखने वाले पर भी यही बात लागू

---

* गुजराती निबन्धकार एवं चिन्तक

होती है। विवेचन मेरा स्वधर्म नहीं है। मुझे तो पाठकों से इतना ही कहना है : 'आओ, इस संग्रह की आठ कहानियों में व्यक्त काव्य का रसास्वादन करो।' स्वानुभव से कह सकता हूँ कि पाठकों में कहानी में व्याप्त संवेदना से साक्षात्कार करने की क्षमता कम नहीं होती। गुजराती कहानीकार का कथन प्रसिद्ध है : ''कहानी का सर्जक ऐसा वाचक चाहता है, जो कुछ पाने में, पकड़ पाने में सक्षम हो और सजग बुद्धिवाला हो, ऐसे वाचक का वह सदा ऋणी रहेगा।''

इन कहानियों का रूप युवा नरेन्द्र मोदी के मनोजगत में आकार ले रहा था, वह समय कैसा था? 25 जून 1975 को प्रधानमन्त्री इंदिरा गाँधी ने देश में आपातकालीन स्थिति लागू कर दी थी और राष्ट्रीय स्वयंसेवक संघ पर प्रतिबंध लगा दिया था। युवा नरेन्द्र जैसे छोटे कार्यकर्ताओं पर 'मीसा' कानून लगाया गया था। इस कारण भूमिगत की प्रवृत्ति का अनुभव लेखक के लिए संवेदनाओं के संगोपन के लिए इच्छानुकूल बन गया। चारों ओर भय और आतंक फैला था। 'मीसा' का काला कानून सबको थरथरा रहा था। मानो पूरा देश जेलखाना बन गया हो। विश्व के सबसे बड़े माने जाने वाले लोकतन्त्र में अनेक देशप्रेमी चिन्तित थे। ऐसे में नरेन्द्र मोदी को 'बाहर की दुनिया' में झाँकने का अवसर मिला।

इस अवसर के साथ साहस और गोपनीयता जुड़ी हुई थी इसलिए बार-बार वेश बदलना पड़ता था। पुलिस के गुप्तचर विभाग के शिकंजे में नहीं फँस जाएँ इसलिए अनेक दिनों तक एकान्तवास और अज्ञातवास में भी रहना पड़ा। पर यह उनके लिए वरदान साबित हुआ। इस 'सौभाग्य' का क्या परिणाम हुआ, स्वयं लेखक के शब्दों में पढ़ें :

''अध्ययन तो बढ़ा ही, परन्तु इसके साथ-साथ संयोगों ने मुझे लेखन की ओर भी प्रेरित किया। पहले कभी लिखने का अवसर नहीं मिला था। जो कुछ लिखा वह परीक्षार्थी के रूप में उत्तरपुस्तिका में ही लिखा था। परन्तु भूमिगत प्रवृत्ति का ध्येय लोकजागरण था और इसके लिए पुस्तिका, कार्ड या पोस्टर आदि लिखने का दायित्व आया। इससे लिखने के प्रति रुचि बढ़ी। धीरे-धीरे लेखनी की धार का महत्त्व समझ में आया...भूमिगत रहकर 'मुक्त वाणी' साप्ताहिक का सम्पादन कार्य सँभाला। 'खबरदार' उपनाम से 'मुक्त वाणी' के लिए सच्चे और

प्रामाणिक समाचार लिखने के लिए आकाश-पाताल एक करने पड़ते। सम्पादक के रूप में दायित्व उठाते समय विचारों को सही रूप से प्रस्तुत करने, अभिव्यक्ति को सम्प्रेषित करने की नवीन शक्ति का विचार आया। जीवन में पहले कभी लेखक बनने का विचार भी नहीं आया था, परन्तु इस जवाबदारी से लेखनी पर मेरी पकड़ मज़बूत हो गई और आपातकाल के बाद मुक्त वातावरण में मैंने आपातकाल के काले इतिहास के बारे में 'संघर्ष माँ गुजरात' पुस्तक लिखी। 1975-77 का आपातकाल मेरे लिए एक महत्त्वपूर्ण मोड़ बन गया।''

मनुष्य के जीवन में आपातकाल के क्षण में ही सहनशीलता की कसौटी होती है। राजनीति और सामाजिक क्षेत्र में जब आपातकाल लागू हुआ उस समय युवा नरेन्द्र मोदी की उम्र करीब पच्चीस वर्ष रही होगी। राजकीय इमर्जेन्सी के कारण उत्पन्न संघर्षों ने वैयक्तिक जीवन को एक सार्थक दिशा दी। कलात्मकता की दृष्टि से भले ही कुछ कमी रह गई हो तो भी लगभग सभी कहानियां संवेदना से परिपूर्ण हैं। युवा नरेन्द्र मोदी का संवेदनशील मन सामाजिक-जीवन के प्रवाहों का आकलन करता रहा। उसी के फलस्वरूप 'प्रेमतीर्थ' प्रकाशित हुई। इन कहानियों का सामाजिक परिवेश महत्त्वपूर्ण होने पर भी लेखक की संवेदना तो मातृत्व पर ही केन्द्रित है। इस कहानी-संग्रह के विशेष गुण के बारे में कोई पूछे तो एक ही शब्द में उत्तर दिया जा सकता है : 'मातानुभूति'। संग्रह के पन्ने-पन्ने पर बिखरी यह अनुभूति ही इसके शीर्षक 'प्रेमतीर्थ' को सार्थक करने वाली है। लेखक कोई सिद्धहस्त या प्रसिद्ध कहानीकार नहीं है परन्तु यह अवश्य कहा जा सकता है कि संवेदनशील मन की यह परिणति पाठकों को मनभावन लगेगी।

पहले ही कहा था कि विवेचन मेरा स्वधर्म नहीं है। मुझे तो पाठकों के सामने मातृत्व के मानसरोवर से प्राप्त हुए कुछ संवेदन बिन्दु देते हुए इतना ही कहना है कि माता की गोद यानी मातृत्व पर इन दिनों ज़बरदस्त खतरा मंडरा रहा है। पश्चिमी देशों में शायद ही कोई स्त्री पालथी मारकर बैठ सकती है। धीरे-धीरे भारतीय स्त्रियाँ भी पालथी मारने की क्षमता खोती जा रही हैं। पालथी के बिना गोद कैसी? पालथी नहीं लगे तो मातृत्व के साथ जुड़ा प्रेमतीर्थ क्षीण होने लगता है। वास्तव में यह प्रेमतीर्थ सेवा तीर्थ और स्तनपान तीर्थ बनकर रह जाता है।

संसार की सारी बर्बरता के सामने टिक सके वह एकमात्र मातानुभूति है। युद्ध का सामना केवल मातृत्व ही कर सकता है। मातृत्व के विस्तार के बिना मनुष्य जाति का भविष्य धुँधला लगता है। कुछ इस तरह की सोच के साथ मैं युवा नरेन्द्र मोदी के कहानी-संग्रह 'प्रेमतीर्थ' का अभिवादन करता हूँ। अधिक बात न करके मुझे छू गए कुछ संवेदनात्मक अंशों को यहाँ प्रस्तुत करता हूँ—

—सुलभा बहन का हाथ पकड़कर मैं उन्हें मुहल्ले के नुक्कड़ पर महेश के स्मारक के पास फूल चढ़ाने ले आया। अच्छा हुआ, वहाँ एक भी फूल नहीं चढ़ा था। आँसू की दो बूँदें पड़ी थीं...और वह भी महेश की तस्वीर में से।

—रश्मि रूमाल से आँखों के आँसू पोंछने जा रही थी, वहीं राजन ने रश्मि का हाथ पकड़ लिया और—''अरे...अरे...'' मौन के बादलों को शब्दों की सूर्य किरणों का स्पर्श हुआ : ''रश्मि तेरी इन फूल जैसी आँखों पर कितने सुन्दर ओस के बिन्दु... रश्मि, प्लीज़ इन्हें...इन्हें टपकने मत देना। सुन्दर...बहुत सुन्दर'' राजन वाक्य पूरा करे उससे पहले ही जिसे नहीं टपकने देना था वह अविरल धारा बनकर बह गये।

—थोड़ी देर रुककर राजन ने फिर से कहा, ''रश्मि...सन्तान को अपनी माता को एक बार ही दुखी करने का अधिकार है और वह भी अपने जन्म के समय, प्रसववेदना के समय...इसके बाद उसे दुखी करने का कोई अधिकार नहीं है।''

—हर ओर मौन का साम्राज्य था, पर इस मौन में प्रथम बरसात के बाद जो सुगन्ध आती है, वैसी सुगन्ध नहीं थी। शान्त सरोवर में सूर्य के प्रतिबिम्ब से वातावरण में शान्ति और सहजता उभरती है वैसी भी नहीं थी।

—नहीं...यह तेरे पापा के टूटे सपने बिखरे हुए पड़े हैं, उन सपनों से तेरा परिचय करवाना है।

—संस्कारों का महत्त्व या रीति-रिवाजों का? समाज का महत्त्व या क्लब लाइफ का? वैभव यानि सुख या संतोष यानि सुख? भव्य बंगले में महँगा मन्दिर, या श्रेष्ठ आचरण धर्म है? विदेशी कारों का काफिला, ऊँची इमारत आदि बड़प्पन है या बड़े काम करना बड़प्पन माना जाएगा। सभ्यता और व्यक्तित्व को निखारे

वह पोशाक या नग्नता को ढकने के लिए पोशाक होती है?

—जमना झरने के सामने देखती रही। धीरे से शर्म से आँखें झुकाकर समझने लगी : दोनों ज्वार को पीसकर आटा ही बनाना है परन्तु अच्छे-अच्छे दानों के आटे का रोटला भगत के लिए है और ये जो छोटे-छोटे दाने हैं उनका रोटला अपने लिए बनाऊँगी। भगत को बहुत मजूरी करनी पड़ती है न, इसलिए उनके लिए अच्छे-अच्छे दानों के आटे का रोटला ज़रूरी है। अपने लिए तो कुछ भी चल जाएगा।

—अमर के माता-पिता उसे तो नहीं बचा सके थे, परन्तु उन्होंने अमर के लिए तिल-तिल मर रहे अनुराग सर को बचाने का आज संकल्प किया। अनुराग का आज का चीत्कार...मानो उनमें गहरे पड़ी हुई अमर जिजीविषा को दर्शाता था। पुण्यतिथि पर अमर के माता-पिता की सांत्वना के बोल और संवेदनशील स्पर्श में आज अनुराग के पुनर्जन्म की आशा का अवतरण हुआ था।

पाठक स्वयं अपने मार्मिक अंश खोजें इस आशा से यहाँ रुक रहा हूँ। पाठक केवल छापे गये अक्षरों को पढ़ने वाले मनुष्य नहीं होते। उनकी संवेदनशीलता लेखक की कल्पना से कहीं ऊपर होती है।

अमेरिका की श्रेष्ठतम कहानियों के संग्रह का सम्पादन डोग्लास और सिल्विया एन्गुसे ने किया है। इस संग्रह का शीर्षक है : Contemporary American Short Stories इस पुस्तक की प्रस्तावना में लिखा हुआ कथन ध्यान से समझने वाला है : These stories present a fascinating psychological record of what may be termed, 'The age of crisis', the age in which modern man finds himself teetering on a fine edge of destiny, when his own fateful decisions will take him either to hell or to paradise. इस पुस्तक में जिस crisis की बात है उसका अन्तःसूत्र दूसरे विश्वयुद्ध के कारण छिन्न-भिन्न हुई मानवता की व्यथा-कथा के साथ है। सम्पादक लिखते हैं : दूसरे विश्वयुद्ध में मानव जाति ने पूरे के पूरे राष्ट्रों को जंगलीपन में परिवर्तित होते देखा था और यह भी देखा कि संचार माध्यमों द्वारा मानव समुदाय को किस प्रकार गुलाम बनाया जा सकता है। मानव जाति ने यह भी देख लिया कि प्रचार के किस शस्त्र से मनुष्य

किस प्रकार अपना ही विनाश कर सकता है। वास्तव में मानव इतिहास अन्ततोगत्वा मनुष्य की संवेदना पर हुए अत्यन्त क्रूर प्रहारों का इतिहास है। ऐसे प्रहारों से ही महाकाव्य, नाटक, कथानक, उपन्यास, लोककथाओं और नृत्य नाटिकाओं का उद्भव हुआ है। कुचला हुआ या कुम्हलाया पुष्प मरने से पहले अधिक सुगन्ध विसर्जित करके विदा होता है। सौराष्ट्र की बोली का विनियोग करते हुए यह कहा जा सकता है कि संयोगों के षड्यन्त्र में भँवर में फँसी संवेदना गाभिन होती है। ऐसी संवेदना भी मातृस्वरूपा गिनी जाती है।

'प्रेमतीर्थ' की कहानियों के साथ उपर्युक्त कथन का कुछ संयोग बैठ रहा है, ऐसा भाव मेरे मन में जग रहा है। दूसरे विश्वयुद्ध से तुलना तुलनीय नहीं लगे तो भी इतना तो स्पष्ट रूप से कहा जा सकता है कि जिन विषम परिस्थितियों से युवा नरेन्द्र को गुज़रना पड़ा, उसका गहरा प्रभाव उनके संवेदनशील मन पर पड़ना स्वाभाविक था। भूमिगत रहकर लोकतन्त्र के लिए आन्दोलन चलाने का कार्य मनुष्य से साहस और धीरज की माँग करता है। इस संग्रह के लिए भारत में आपातकाल लागू करने वाले तत्कालीन शासकवर्ग का उपकार मानना चाहिए। मुझे तो यहाँ तक कहने का मन होता है कि इस कहानी संग्रह के लेखक नरेन्द्र मोदी स्वयं ही 'कहानी' बन रहे हैं। यह एक ऐसी कहानी है जिसमें रहस्य और रोमांच का तत्व बहुत अधिक है। इन अनोखी कहानियों के प्रवाह को कालदेवता पर छोड़ देते हैं।

अभिलाषा

अभिलाषा

क्या है वह ज़िन्दगी
नहीं हो जिसमें सपने?
पर...सपने टूटें तब...

मनुष्य भी टूट जाता है। गोपालराय के जीवन में भी कुछ ऐसा ही हुआ। कार दुर्घटना ने गोपालराय के सपनों को कुचल डाला। दुर्घटना में पत्नी शोभा की मृत्यु हो गई और बेहोश गोपालराय को अस्पताल में भर्ती कराया गया। होश आने पर शोभा की विदाई की बात सुनकर उसके मुख से अचानक चीख निकली। गोपालराय का उस दिन का रोना ऐसा था कि किसी का भी हृदय दहल जाए। पास खड़े लोगों को इतना होश भी नहीं रहा कि उन्हें दिलासा दे पाते। सपनों के मुहाने पर खड़ा गोपालराय का जीवन अब पन्द्रह वर्ष की अवनी और बारह वर्ष के बैजु के ही सहारे था।

गोपालराय ने इन दोनों के सहारे जीने का फैसला किया। उनका जीवन भी धीरे-धीरे एक दिनचर्या में आता गया। मशीन की तरह सुबह बैंक जाना, शाम को वापस लौटना और खाली समय को अब वे घर में ही गुज़ारने लगे थे। गोपालराय के नीरव जीवन की यह मजबूरी थी, उनका ऐसा स्वभाव नहीं था।

शोभा की मृत्यु को अब काफी समय गुज़र गया। अवनी भी यौवन की दहलीज पर खड़ी थी। कॉलेज के प्रथम वर्ष में पढ़ रही थी, इसके साथ घर की ज़िम्मेदारी भी सँभालती थी। अवनी की ज़िम्मेदारी देखकर, उसके जाने के बाद घर का क्या होगा, इस चिन्ता ने गोपालराय को नई दिशा में सोचने को मजबूर किया। शोभा की मृत्यु के बाद अब तक दूसरे विवाह का निर्णय न करने वाले गोपालराय अब इस ओर सोचने लगे। सगे-सम्बन्धियों में भी इसकी चर्चा होने लगी। देखते-देखते सब कुछ निश्चित हो गया और सुनंदा ने शोभा का स्थान ले लिया।

गोपालराय के लिए सुनंदा शोभा हो सकती थी, परन्तु अवनी और बैजु के लिए? अठारह वर्ष की अवनी और अठ्ठाईस वर्ष की सुनंदा दोनों सहेलियों जैसी दिखती थीं, लेकिन नियति ने उन्हें माँ-बेटी के सम्बन्ध में जोड़ दिया था।

सुनंदा एक अच्छे घर की लड़की थी। विदेश जाने की इच्छा के कारण वह शादी की उम्र पार कर चुकी थी। अब अच्छा वर मिलना भी कठिन था। सभी अरमान मिट्टी में मिल जाएँ, इससे पहले कुछ कर लेने की आकांक्षा ने उसे पत्नी और माता बनने को मजबूर किया।

गोपालराय तो सुनंदा के प्रति सहज हो गए थे लेकिन अवनी-बैजु कटे-कटे ही रहते थे। अवनी ने तो कभी दिल खोलकर सुनंदा से बात भी नहीं की। लगभग एक महीना बीत चुका था लेकिन उसने एक बार भी सुनंदा को माँ-मम्मी या मौसी कहकर नहीं पुकारा। अवनी काम जितनी ही बात करती थी, वह भी 'लो' या 'लाओ' जैसे संक्षिप्त शब्दों में। सुनंदा को यह बात अखरती थी लेकिन उसने कभी गोपालराय से इस बारे में एक शब्द भी नहीं कहा। 'सौतेली माँ' के रूप में इस प्रतिज्ञा का पालन करना सरल नहीं था। वैसे तो अवनी और बैजु बाल मानस से आगे निकल चुके थे, पर उनके परिपक्व होने में अभी देर थी। वयःसन्धि की उनकी मनःस्थिति और शोभा की मृत्यु के बाद अड़ौसियों-पड़ौसियों से सौतेली माँ के बारे में सुनी कथाओं का उनके मन पर गहरा प्रभाव था, इसीलिए वे बात-बात में आहत हो जाते। शोभा की मृत्यु के बाद स्वतन्त्र रूप

से जीने की आदत वाली अवनी और बैजु को सुनंदा की उपस्थिति उनकी स्वतन्त्रता पर अंकुश जैसी लगती...

सुनंदा ने अवनी और बैजु को वात्सल्य-प्रेम देने में कोई कसर नहीं छोड़ी थी। नवविवाहिता सुनंदा के लिए पत्नी रूप गौण हो गया था, माँ बनने के लिए कटिबद्ध हो गई थी। वह अपने से बहुत अधिक छोटे नहीं, ऐसे दोनों बच्चों को अपार प्रेम करती थी। लेकिन, न जाने क्यों सुनंदा के इस प्रेम की अभिव्यक्ति उन्हें कृत्रिम लगती थी। इन दोनों को खुश रखने के लिए सुनंदा उन्हें तरह-तरह के पकवान बनाकर खिलाती थी...। वे इन पकवानों को पेट भरकर तो खाते थे लेकिन मन भरकर कभी नहीं। भरे पूरे घर के डाइनिंग टेबल की चहल-पहल मानो होटल के डाइनिंग टेबल जैसी ही लगती। जैसे सभी अनजान मुसाफिर एक जगह एकत्र हो गए हों। बच्चों का प्रेम पाने के लिए सुनंदा अविरत प्रयास करती रहती। बच्चों के कपड़ों की इस्त्री हो या बूट-पालिश, सब कुछ बड़ी तन्मयता से करती। उनके विकास के लिए उनके अध्ययन में रुचि लेती, उस बारे में पूछती थी। लेकिन यह सब बच्चों को अवरोधपूर्ण लगता था।

सुनंदा के आने के बाद बैजु का पहला जन्मदिन आने वाला था। शोभा की मृत्यु से नीरस जीवन जीने वाले गोपालराय ने कभी अवनी या बैजु का जन्मदिन नहीं मनाया था। मनाया क्या, कभी शुभकामना के दो शब्द भी नहीं बोले थे। इतने लम्बे अन्तराल के कारण सुनंदा को बैजु का जन्मदिन मनाने की बहुत उमंग थी। चार दिन पहले ही उसने उत्साह और उमंग के साथ जन्मदिन मनाने की तैयारियाँ शुरू कर दीं। बैजु और अवनी के मित्रों को भी निमन्त्रण देने को कहा। बैजु के मनपसन्द सभी पकवान टेबल पर सजा दिए गए। लेकिन, बैजु और अवनी का एक भी मित्र नहीं आया। वे चारों, चुपचाप थोड़ा-बहुत खाकर वहाँ से अलग हो गए। सुनंदा कुछ भी नहीं खा सकी। उसके लिए यह गहरा आघात था। आघात सहने के प्रयास में उसकी वेदना, प्रकट हो जाती थी। इस वातावरण ने गोपालराय के मन में शंका को दृढ़ कर दिया कि सुनंदा और बच्चों के बीच सम्बन्ध सहज नहीं है। गोपालराय ने उस रात सुनंदा के प्रति अपनी नाराज़गी व्यक्त की...फिर

भी वह चुप रही। सुनंदा के लाख प्रयास करने पर भी घर का वातावरण और धुंधला होने लगा।

सुनंदा को इस घर में आए दो वर्ष हो चुके थे। गोपालराय के अलावा किसी के लिए वह शोभा नहीं बन सकी थी, उसे इस बात का बहुत दुख था। दूसरी ओर, सुनंदा की ज़िम्मेदारियाँ भी बढ़ती जा रही थीं। कॉलेज में पढ़ने वाली अवनी का यौवन सोलह कला में खिला था। कॉलेज के उपरान्त भी वह काफी समय बाहर ही रहती। माँ के रूप में सुनंदा की चिन्ता स्वाभाविक थी। यह उसके लिए परीक्षा का समय था। पूरे दिन वह इसी चिन्ता में डूबी रहती। 'कहीं अवनी के जीवन में कोई दुर्घटना हो गई, तो उस दंश को सौतेली माता के कारण मेरी लापरवाही के रूप में ही माना जाएगा। तो क्या यह बात गोपालराय को बता दूँ? नहीं...नहीं...ऐसा नहीं करूँगी। अवनी-बैजु को उनकी माँ वापस मिल जाए, उसके लिए मैंने क्या-क्या नहीं किया। उनका विकास हो इसलिए मैंने नौकरी छोड़ दी और...और... मातृत्व।' यहाँ आकर सुनंदा की विचार-शृंखला टूट जाती। वह फिर से अपने निर्णय को दृढ़ करती कि किसी भी कीमत पर वह शोभा की तरह अवनी-बैजु के व्यक्तित्त्वों को विकसित करेगी।

एक सुबह सुनंदा ने अवनी से कहा कि वह कॉलेज के अलावा अन्य कहीं बाहर नहीं जाया करे। सुनंदा ने अपना आग्रह स्पष्ट कर दिया था। पिछले तीन वर्ष के धुँधले वातावरण में सुनंदा की चेतावनी और अवनी के हठाग्रह ने सीधे संघर्ष के बीज बो दिए थे। अब तक अवनी सुनंदा के सामने कभी नहीं बोली थी, पर आज उसने सनसनाता हुआ जवाब दिया, ''मैं कोई छोटी बच्ची नहीं हूँ, जिसे तुम ऐसे रोक रही हो। अपने मन की मालिक हूँ मैं। अपना भला-बुरा समझती हूँ। तुम मुझे क्या जवाबदेही सिखा रही हो। और...और...आज मेरी मम्मी होती तो इस तरह मुझे चरित्रहीन नहीं कहती...।'' अवनी विवेक गुमा बैठी थी। वह आक्षेप करने लगी। आवेश में उसने कह डाला ''तुम्हें सन्तान नहीं होती, इसलिए हमसे ईर्ष्या होती है।'' अब तक हृदय पर पत्थर रखकर सुन रही सुनंदा को अवनी के आखिरी वाक्य ने हिला डाला। वह बिल्कुल टूट गई, उसकी आँखों

से आँसुओं की धारा बहने लगी। अवनी किसी प्रकार की चिन्ता के बिना पैर पटकती हुई कॉलेज चली गई।

सुनंदा वहीं गिर पड़ी। अवनी का आखिरी वाक्य उसे मारे डाल रहा था। उसे इस बात की पीड़ा थी कि तीन वर्षों के अगाध परिश्रम के बाद भी उसे कोई नहीं समझ पाया।

स्त्री मातृत्व चाहती है। यहाँ सुनंदा पिछले तीन वर्षों से मातृत्व देने के लिए खून-पसीना एक कर रही थी। सुनंदा अभी निराश नहीं हुई, पर हताश अवश्य हो गई थी। उसने पूरे दिन विचार-मंथन किया। अपनी लड़की द्वारा ही बाँझपन के आरोप ने उसे सन्न कर दिया था। सुनंदा ने अवनी को वह बात बताने का निर्णय कर लिया, जो उसने अब तक गोपालराय को भी नहीं बताई थी। शायद अवनी उससे बात भी नहीं करे, यह सोचकर सुनंदा ने उसकी टेबल पर एक छोटा पत्र रख दिया।

सुबह से बाहर गई अवनी, गोपालराय के आने के कुछ समय पहले ही घर वापस लौटी थी। उसके मुख पर अभी गुस्सा ही था। वह सुनंदा की ओर देखे बिना अपने कमरे में चली गई। टेबल पर किताबें रखते हुए उसकी नज़र एक बन्द लिफ़ाफ़े पर पड़ी। पत्र निकालकर पढ़ने लगी।

प्यारी बेटी,

मेरी बहुत-सी बातों का पिछले तीन वर्षों में अनादर ही हुआ है। इसलिए आज के अनादर का मुझे अधिक दुख नहीं है। पर आज तुम बहुत उत्तेजित हो गईं।

बहुत हीनदृष्टि से तुमने मुझ पर बाँझ होने का आरोप लगा दिया।

खैर, इसमें भी तुम्हारा दोष नहीं है।

जिस सत्य का आज तक तेरे पिता को भी पता नहीं है, उसे तुझे बताना मेरे लिए अब अनिवार्य हो गया है। एक स्त्री के रूप में मातृत्व की अभिलाषा को तुम समझती होगी।

मातृत्व की अभिलाषा तो मुझे भी थी—आज से तीन वर्ष पहले

तेरे पिता के साथ विवाह किया उस समय भी। तुझे और बैजु को देखकर मन पुलकित हो जाता था। तुम्हारे जैसे बच्चों की माँ बनने का सौभाग्य मिला था। तुम दोनों को ही सच्चे मन से मातृत्व दे सकूँ, इसलिए विवाह से पहले ही मैंने निर्णय कर लिया था, इसका पता तुम्हारे पिता को भी नहीं है। वह निर्णय था : इस जन्म में स्वयं संतानोत्पत्ति न करके सिर्फ तेरी और बैजु की माँ के रूप में ही ज़िन्दगी जीना और यह संकल्प तुम्हें प्राप्त करने के लिए ही किया था। अभी भी मातृत्व देने की मेरी अभिलाषा तू समझ सकेगी।

बस इतना ही।

अपनी प्यारी बेटी की
सौतेली माँ–सुनंदा

पूरा पत्र पढ़ते ही अवनी के मुख से शब्द निकल पड़े–'माँ...माँ...' और वह दौड़ कर सुनंदा से लिपट गई...

●

क्या है वह ज़िन्दगी, नहीं हों जिसमें सपने

—दिनकर जोशी[*]

जिसे कहानी पढ़ना अच्छा नहीं लगता, उसे कहानी सुनना तो अच्छा लगता ही है। पढ़ना अच्छा न लगने का कारण यह नहीं है कि उसे कहानी से विराग या प्रेम नहीं होता। इसका कारण यह भी हो सकता है कि वह पढ़ना नहीं जानता, पढ़ने के संस्कार तीर्थ से वह अपरिचित है और यह उसका दुर्भाग्य है।

क्यों मनुष्य को कहानी अच्छी लगती है? इसके दो मुख्य कारण हैं—या तो जैसा जीवन वह जीना चाहता था और नहीं जी सका, वह कहानी में है इसलिए यह उनके मन को प्रसन्न कर देता है। अथवा, वैसा जीवन उसने जिया है और वे जीवन-प्रसंग उसे बार-बार याद करने अच्छे लगते हैं। कहानी में उनका अनुभव होता है इसलिए उसे आनन्द आता है। तीसरा कारण हो सकता है कि कहानी के प्रसंग या वर्णन को पढ़कर उसके हृदय में कुछ वैसी संवेदना प्रकट होती है, जो शाश्वत है, मानवीय है।

इस मानवीय, सत्य के सबसे अधिक संवेदनात्मक दर्शन प्रेम में होते हैं। प्रेम का अर्थ सिर्फ स्त्री-पुरुष सम्बन्ध तक सीमित नहीं है। मानव-मानव के बीच यह ऐसा भाव है जो दोनों के चित्त को झंकृत कर देता है। कभी-कभी एक ओर मानव के अलावा कोई प्राणी या पदार्थ भी हो सकता है।

'अभिलाषा' मातृप्रेम की ऐसी कहानी है जिसका प्रारम्भ रमणलालीय ढंग से हुआ है—'क्या है वह ज़िन्दगी नहीं हो जिसमें सपने?...सपना टूटे तब...' यह पढ़ते ही गुजराती कथाकार रमणलाल बसंतलाल देसाई याद आते हैं और जैसे-जैसे यह कहानी पढ़ते जाते हैं, वैसे-वैसे रमणलाल की 'खरी माँ' (सच्ची माँ) कहानी हमारे स्मृति पटल पर उभर आती है। तरुण पुत्री और पुत्र के पिता गोपालराय प्रौढ़ अवस्था में विधुर हो गए और वे अट्ठाईस वर्ष की सुनंदा से विवाह करके उसे घर ले आए। अठारह वर्ष की पुत्री अवनी और पन्द्रह वर्ष का पुत्र बैजु इस सौतेली माता को स्वीकार नहीं कर पाते।

[*] गुजराती उपन्यासकार, 102 ए, पार्क एवेन्यू, महात्मा गाँधी रोड, दाहानुकर वाड़ी, कान्दीवली (पश्चिम), मुंबई-400069

समझदारी की दहलीज पर खड़े बहिन-भाई को सौतेली माँ का आगमन अच्छा नहीं लगता। वह इन सन्तानों की असली माँ बनने का भरसक प्रयास करती है, पर सफल नहीं हो पाती। उसने पुत्र के जन्मदिन को घर पर उत्सव मनाने का काफी प्रयास किया परन्तु सन्तानों ने उसे फिर भी स्वीकार नहीं किया। युवा पुत्री के कुशल क्षेम की चिन्ता सगी माँ तो करती ही है। परन्तु कोई यह नहीं कहे कि सगी माँ के न होने के कारण सौतेली माँ ने ध्यान नहीं दिया, इसलिए वह पुत्री का अधिक ध्यान रखती है। और इस सजगता के कारण ही पुत्री ने माँ से कह दिया : 'तुम मुझे क्या जवाबदारी सिखा रही हो!..तुम्हें सन्तान नहीं होती, इसलिए हमारी ईर्ष्या होती है।' युवा पुत्री के मुँह से सुना यह आक्षेप दुहाजू से विवाह करने वाली युवा माता के लिए असह्य हो जाता है। उसने मानो दिल से टपकते खून से लिखा हो, ऐसा पत्र 'प्यारी बेटी को' सम्बोधित करके लिखा—''तुम जैसे बच्चों की माँ बनने का सौभाग्य मिला था। तुम दोनों को ही सच्चे मन से मातृत्व दे सकूँ, इसलिए विवाह से पहले ही मैंने निर्णय कर लिया था, इसका पता तेरे पिता को भी नहीं है...'

आखिरी वाक्य के साथ ही बेटी अवनी नखशिख परिवर्तित हो जाती है। उसके मुख से माँ-माँ निकल पड़ता है और वह दौड़कर सुनंदा से लिपट जाती है। यहाँ एक बार फिर से हमें रमणलाल की खरी माँ कहानी का अन्त याद आ जाता है। पुत्र पूछता है, ''माँ! तू वापस आ गई?'' और सौतेली माँ बोल पड़ती है, ''हाँ, बेटा तेरे लिए।''

अवतरण चिह्न वाले परीक्षालक्षी वाक्यों के उदाहरण दे-देकर यदि मूल्यांकन करें तो इस कहानी की सीमाएँ बताई जा सकती हैं। परन्तु अमेरिकन कहानीकार एडलर एलन पो की कहानियों के बारे में कहा जाता है कि उसके आरम्भ या मध्य के बारे में भले ही कुछ असाधारण न हो, पर अन्त में एक दंश अवश्य होगा। ऐसा चमत्कार होगा कि वहाँ पहुँचकर पाठक उसे लम्बे समय तक भूल नहीं सकता। 'अभिलाषा' कहानी को पढ़ना अच्छा लगता है और पढ़ने के बाद यह कहानी सोचने को भी प्रेरित करती है।

कहानी पढ़कर लेखक के बारे में एक तूफानी विचार मन में उठता है। यदि नरेन्द्र मोदी राजनेता नहीं होते तो गुजराती भाषा को एक सशक्त कहानीकार मिला होता। जवाहरलाल नेहरू के बारे में सरोजनी नायडू ने कहा था, 'जवाहरलाल राजनेता नहीं होते तो हमें एक उत्तम श्रेणी के कवि मिले होते।' यह कथन कुछ अंश में इस कहानी के लेखक के बारे में भी लागू होता है।

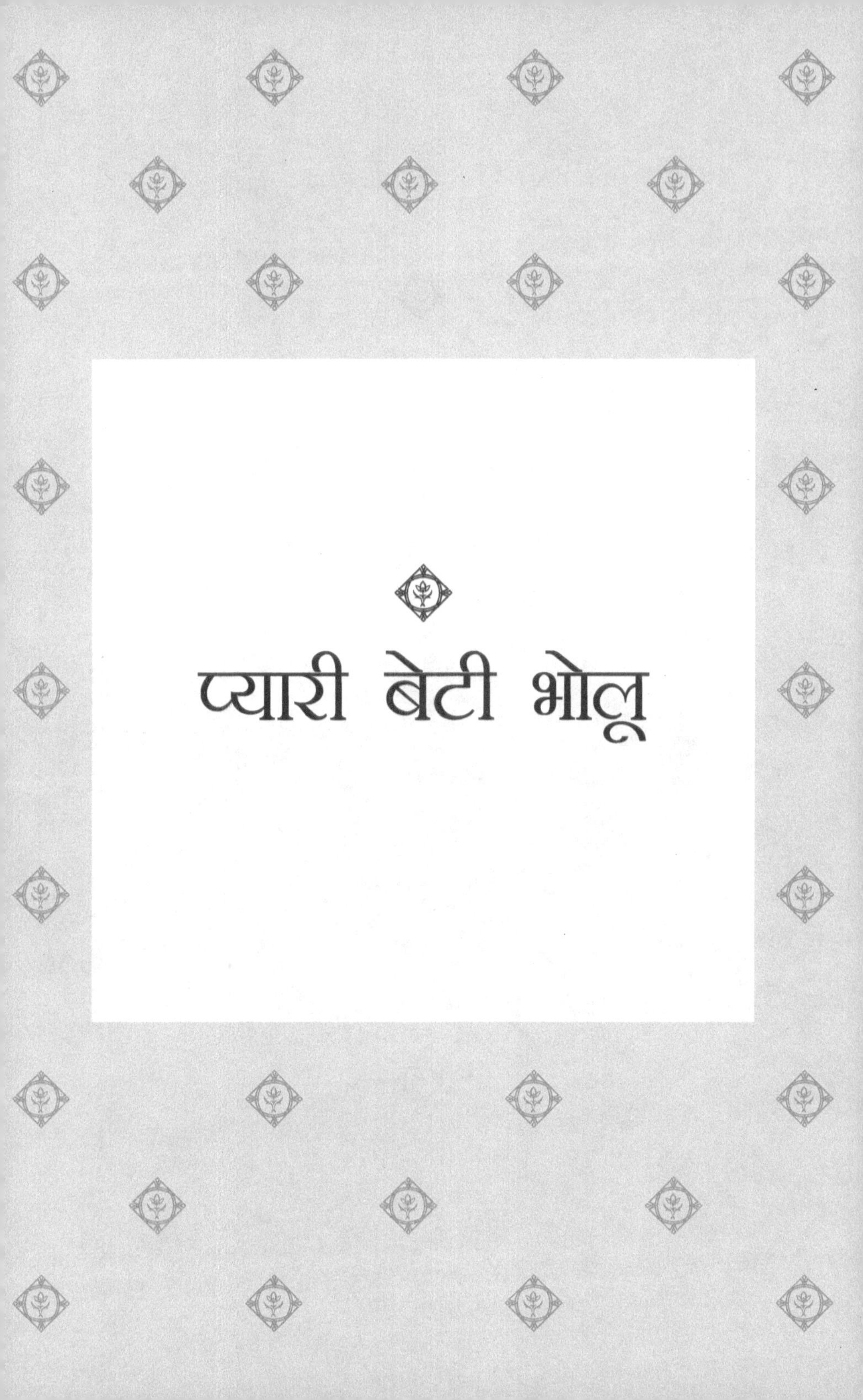

प्यारी बेटी भोलू

प्यारी बेटी भोलू

फोन रखा ही था कि फिर से घंटी बज उठी...

है...लो...कौ...न?

ओह!

सम्पादक जी...?

राजेन नाम सुनते ही समझ गया। सम्पादक के कई पत्र और फोन आ चुके थे। वे हर बार राजेन से एक लेख भेजने का आग्रह करते थे। आज सम्पादक बहुत आग्रह और अधिकार भाव से कह रहे थे। इसलिए फोन रखते ही उसने निर्णय कर लिया कि कुछ भी हो, आज लेख लिखकर भेज ही देना है।

राजेन ने कभी दोस्तों के पत्रों के उत्तर नहीं दिए थे। यहाँ तक कि डॉक्टरी परीक्षा में लिखने के अलावा उसे कभी कुछ लिखने का विचार भी नहीं आया था। आज वह शहर का प्रतिष्ठित चाइल्ड स्पेशियलिस्ट है। इसलिए सम्पादक को अगले विशेषांक के लिए उसके लेख की आतुरता से प्रतीक्षा थी।

मेडिकल क्षेत्र में इतना नाम कमाकर आगे पहुँचा राजेन अभी तक कुँवारा था। लिखने बैठने से पहले नीचे रेस्टोरेन्ट में दो गरमागरम चाय पीने के लिए पहुँच गया। चाय के आते ही उसे विचारों ने घेर लिया।

'किस विषय पर लिखूँ?'

बालकों को होने वाले रोगों के बारे में?

बाल मृत्यु की दर और प्रमाण के बारे में?

बालकों के स्वास्थ्य सम्बन्धी आवश्यक सूचना और
सजगता रखने के बारे में?

बच्चों के आहार के बारे में?

बच्चों को स्तनपान की आवश्यकता के बारे में?

नहीं...नहीं जीवविज्ञान के बारे में साइंस मैगज़ीन में लिखा ही जाता है। बाल स्वास्थ्य एवं समाज के रवैये के बारे में लिखना चाहिए। हाँ...हाँ पर क्या लिखा जाए?

फुटपाथ पर खड़े-खड़े चुपचाप बीड़ी पीते बालक के बारे में? पाँच किलो वजन की पुस्तकों का स्कूल बैग उठाकर पाठशाला जाते बालकों के शारीरिक विकास के बारे में?

उन बच्चों के बारे में लिखूँ जो आया के पास पलते हैं? या उनके बारे में जो होटलों में बाल मज़दूरी करते हैं?

क्या तीन-तीन बालकों के साथ मोटर साइकिल पर सवारी करते अत्याचारी माँ-बाप के बारे में लिखूँ?''

एक के बाद एक विचार मन में उमड़ रहे थे। इतने में चाय का दूसरा कप भी खत्म हो गया।

एक जैसे विचारों के प्रवाह ने राजेन के उत्साह को बढ़ा दिया था। राजेन अपने कमरे में आकर अपनी मेज़ पर कागज़ और पैन लेकर बैठ गया। मन में उत्साह था, दिमाग में द्वन्द्व था। परन्तु अभी तक पैन से शब्द नहीं निकले थे।

आँखें इधर-उधर ताक-झाँक रही थीं।

अचानक राजेन की आँखें मेज़ पर रखी उस तस्वीर पर गईं। मुक्त हास्य बिखेरती वह तस्वीर आरती की थी। उसके नीचे सुन्दर रंगबिरंगे अक्षरों में कलात्मकता से लिखा था : 'प्यारी बेटी भोलू'

राजेन का विचार प्रवाह रुक गया। तस्वीर में खोया हुआ राजेन का मन भूतकाल में चला गया। उसके 'चाइल्ड स्पेश्यलिस्ट' बनने के पीछे यह भोलू ही तो थी।

राजेन घर में सबसे छोटा था। सब उस पर प्रेम बरसाते थे। ऐसे वातावरण में पले-बढ़े राजेन का हृदय भी प्रेम से लबालब था। लेकिन घर में कोई उससे छोटा न होने के कारण वह अपनी तीव्र इच्छाओं को पूरा नहीं कर पाता था। इसलिए स्कूल से आकर मुहल्ले के छोटे-छोटे बच्चों को एकत्र करके उनके साथ खेलने का आनन्द उठाता, यह उसका रोज़ का कार्य था। अड़ोस-पड़ोस के सभी बच्चों से उसे गहरा लगाव था। किशोर हो गए राजेन को बच्चों के साथ खेलने में जीवन की सच्ची खुशी मिलती थी।

गर्मी की छुट्टियों में राजेन अपने मामा के घर चला जाता। यहाँ भी घर में कोई छोटा बच्चा नहीं था, इसलिए यहाँ अधिक समय तक रुकने की इच्छा नहीं होती थी। परन्तु इस बार छुट्टियाँ पूरी होने को आईं, फिर भी वह घर जाने का नाम नहीं ले रहा था। मामा के घर एक नये किरायेदार रहने आए थे। उनकी दस वर्ष की लड़की भोलू पूरे परिवार की लाड़ली थी। राजेन को भोलू के साथ मस्ती करने में मज़ा आता था। भोलू की भी पूरे दिन 'राजेन अंकल! राजेन अंकल' रटते हुए जीभ सूख जाती थी। भोलू के मम्मी-पापा भी दोनों बच्चों के बाल सुलभ प्रेम को देखकर बहुत प्रसन्न होते थे। छोटी-सी भोलू कभी उसे 'मिनी अंकल' कहकर पुकारती। राजेन भी उसके पप्पा-मम्मी की तरह उसे भोलू बेटी कह देता था। भोलू की यह रोज़ की दिनचर्या हो गई थी कि रात को सोने से पहले मम्मी से एक गीत, पप्पा से एक कहानी सुनती थी उसके बाद राजेन अंकल उसके गालों पर पप्पी करें, तभी वह सोने जाती थी। यदि इनमें से एक भी बात पूरी नहीं होती तो वह रूठ जाती थी।

छुट्टियाँ पूरी होने पर राजेन को अपने घर जाना पड़ा। सब लोगों के साथ भोलू भी उसे बस स्टैण्ड छोड़ने आयी थी। राजेन बस में बैठे उससे पहले भोलू उससे लिपट कर बहुत रोई। राजेन ने उसे पप्पी की और वह बस में बैठ गया।

राजेन मैट्रिक होने तक नियमित मामा के घर आता रहा। 'राजेन अंकल' और भोलू की जोड़ी घर के सभी लोगों के मन में खुशी भर देती थी।

मैट्रिक पास करने के बाद राजेन तीन-चार वर्ष तक मामा के घर नहीं जा सका। उसके मामा और भोलू के मम्मी-पप्पा उसे आने के लिए बार-बार आग्रह

करते थे, परन्तु मेडिकल की पढ़ाई के कारण उसका जाना नहीं हो सका।

लगभग पाँचवें वर्ष के बाद राजेन ने छुट्टियों में मामा के घर जाने का कार्यक्रम बनाया। उसके उत्साह की कोई सीमा ही नहीं थी। इन वर्षों में राजेन की कद-काठी में भी बदलाव आ गया था। अब वह आकर्षक सुन्दर जवान बन गया था। फिर भी, उसके मन में बालकों के बीच रहने-खेलने की इच्छा उतनी ही तीव्र थी। राजेन जानता था कि भोलू नाराज़ होगी, इसलिए राजेन ने उसके लिए चाकलेट और गुब्बारे ले लिए थे।

इतने वर्षों बाद भी भोलू के साथ समय व्यतीत करने के विचार से राजेन का मन व्याकुल हो रहा था। वह भोलू को वहाँ पहुँचकर कौन-सी कहानी सुनाएगा। पत्तों के कौन से जादू सिखाएगा, कैसी पहेलियाँ पूछेगा—जैसी कई बातें उसने पहले से सोच रखी थीं। मामा के पास यह समाचार पहुँच गया था कि राजेन आने वाला है। इसलिए उसी मकान में रहनेवाली भोलू और उसके मम्मी-पापा को भी पता चल गया था। भोलू बहुत खुश थी कि इतने वर्षों बाद राजेन अंकल आ रहे हैं। कई वर्षों बाद फिर से बचपन में खो जाने का आनन्द मिलेगा, इसकी उसे अपार खुशी थी। कभी-कभी राजेन अंकल से नाराज़ होने का भी विचार आता था, पर वह मन में ही इसका समाधान खोज लेती। नहीं...नहीं राजेन अंकल से कहीं रूठा जाता है, भला? वैसे भोलू भी स्वतन्त्र रूप से विचार करने लायक हो गई थी। भोलू का यौवन भी खिलता जा रहा था। स्कूल के बाद उसे सहेलियों का साथ अच्छा लगता था। ऐसे में राजेन के आने का समाचार सुनकर वह झूम उठी।

राजेन की बस तेज़ गति से मामा के गाँव की ओर बढ़ती जा रही थी। राजेन का हृदय मामा से अधिक भोलू से मिलने के लिए आतुर था। उनकी राह देख रही भोलू भी आज बेचैन थी, सुबह से ही उसकी नज़र बाहर की ओर खुलने वाली खिड़की पर थी। वह मन में सोच रही थी कि 'क्या राजेन पहले मुझे मिलने आएँगे या सीधे मामा के घर जाएँगे? ''नहीं...नहीं उनके पास बहुत-सा सामान होगा इसलिए पहले मामा के घर ही जाएँगे।'' इस तरह के अनेक तर्क-वितर्कों के घोड़े मन में दौड़ रहे थे। इतने में उसकी नज़र दूर से आ रहे राजेन पर पड़ी।

भोलू उम्र में भले ही बड़ी हो गई हो, लेकिन उसका बचपना अभी नहीं गया था। दौड़कर वह मम्मी को समाचार देने गई और चिल्लाकर कहा कि राजेन आ गए हैं। पल दो पल में ही वह दौड़ती हुई नीचे आ गई। उसे पता भी नहीं चला कि रूठने का विचार उसके मन में कभी उठा भी था। भोलू की मम्मी भी उसके पीछे-पीछे आ गई। वैसे उनके आने का कारण राजेन के स्वागत से अधिक अपनी युवा होती बेटी पर नज़र रखना था। भोलू जहाँ जाती, वहाँ उसकी मम्मी भी उसके साथ हो लेतीं।

राजेन के आते ही भोलू उससे लिपट गई। निश्छल प्रेम के प्रतीक दोनों एक दूसरे से लिपट गए थे। पुरानी यादों के कारण भोलू की आँखों में आँसू छलक आये। बचपन की आदत के अनुसार राजेन ने भोलू के माथे को चूमकर उसका स्वागत किया। पहले स्वाभाविक लगता यह व्यवहार दूर खड़ी होकर देख रही मम्मी के लिए असहज बन गया था। उन्हें यौवन की दहलीज पार कर रही बेटी और युवा राजेन का यह व्यवहार अच्छा नहीं लगा। उनके चेहरे के भाव बदलने लगे।

राजेन जैसे ही मामा के घर के अन्दर गया कि तुरन्त भोलू को उसकी मम्मी इशारे से ऊपर ले गई। शाम तक वह नीचे नहीं आई। राजेन भी नीचे बैठा-बैठा परेशान हो गया, मामा-मामी से बातें करते-करते वह अब ऊब गया था। राजेन को लगा—बहुत दिनों बाद आया हूँ, इसलिए भोलू नाराज़ हो गई है, अपना गुस्सा जताने के लिए शायद नीचे नहीं आ रही। राजेन ऊपर पहुँच गया। भोलू की मम्मी रसोई करते-करते बाहर आ कर उसके पास बैठी, लेकिन भोलू नहीं आई। राजेन की आँखें उसे खोज रही थीं। राजेन रसोईघर में गया, पीछे-पीछे भोलू की मम्मी भी वहाँ पहुँच गई।

राजेन को लगा कि भोलू पहले से बदल गई है, यहाँ तक कि जो सुबह मिली वह भोलू भी यह नहीं थी। राजेन ने भोलू से बात करनी चाही तो वह हाँ और ना में ही उत्तर देती रही। उसे भोलू का ऐसा रूखा व्यवहार अच्छा नहीं लगा। वह समझ गया कि यह उसके निश्छल प्रेमपूर्ण व्यवहार पर अंकुश है। राजेन को यह बात समझने में देर नहीं लगी कि सामाजिक बंधनों के नाम पर

भोलू को संयमित जीवन जीने को विवश किया जा रहा है।

राजेन ऐसे भारी वातावरण को बर्दाश्त नहीं कर सका। और बहुत खिन्न मन से नीचे अपने कमरे में आ गया। दरवाज़ा बन्द करके बिस्तर पर पड़ा रहा। बालक की तरह निश्छल प्रेम बरसाने वाला राजेन भोलू के बन्धनों को देखकर बेचैन हो गया। भोलू उसके परिवारवालों के लिए भले बड़ी हो गई हो, लेकिन उसके लिए तो अभी भी छोटी-सी भोलू ही थी। वह जान गया था कि भोलू अनिच्छा से बड़ी बनकर अपनी बाल सुलभ भावनाओं का गला घोंट रही है। वह बन्द कमरे में चक्कर काटता रहा। उसके दिमाग में तेज़ी से विचार दौड़ रहे थे...मानो शरीर की सभी नसें खिंची जा रही हों...वह बहुत व्याकुल-बेचैन हो उठा। अभी तक मासूम हृदयवाले राजेन पर मानों आकाश फट पड़ा था। क्या यह समाज मनुष्य को बालक के रूप में जीने का अधिकार देने में असमर्थ है? क्या समाज बालक के मनोवैज्ञानिक विकास के स्थान पर उम्र के विकास पर ही नज़र जमाये बैठा है? ''तुम अब छोटे बच्चे नहीं हो।'' कहकर क्यों वह निर्दोष जीवन को कुचल डालना चाहता है। कल तक यही लोग भोलू की गाल पर पप्पी करने के लिए स्वयं कहते थे और आज भोलू से मिलने पर भी त्यौरियां चढ़ा रहे हैं। क्या उम्र के आवरण ने भोलू जैसी बच्ची को निर्दोष प्रेम से वंचित रखने की सौगंध ले रखी है। समाज ने उम्र को अहमियत देने के कारण उसके भोलू के प्रति निश्छल प्रेम को कुचल डाला है। क्या यह समाज किसी के साथ बाल सुलभ जीवन जीने देने की अनुमति देने की परिपक्वता नहीं रखता? राजेन को तो बालकों के बीच ही जीना था। लेकिन समाज को बालक के बालक बने रहने में रुचि नहीं थी। बालकों के साहचर्य में जीने वाले राजेन के लिए अब हर पल बालकों की खोज आवश्यक बन गई थी। कल का बालक आनेवाले कल में जब बड़ा हो जाएगा तब उसके निश्छल प्रेम के सामने बड़ी दीवार खड़ी हो गई होगी।

परन्तु, राजेन इस तरह हताश होने वाला नहीं था। बच्चों के बीच जीने के लिए लालायित राजेन ने निर्णय ले लिया कि वह 'चाइल्ड स्पेश्यलिस्ट' बनेगा, और हमेशा बच्चों के बीच जीवन गुजारेगा। भोलू के निश्छल प्रेम की स्मृतियाँ हृदय में संजोये वह उसी दिन मामा के यहाँ से अपने घर लौट गया। बालकों

के प्रति प्रेम ने उसे प्रसिद्ध चाइल्ड स्पेशलिस्ट बना दिया था।

इसीलिए तो सम्पादक ने उससे लेख लिखने का अनुरोध किया था। अभी उसकी आँखें भोलू की तस्वीर पर ही टिकी हुई थीं कि जोर से घंटी बजी। राजेन ने उठकर दरवाज़ा खोला। सम्पादक के यहाँ से कोई लेख लेने आया था। अतीत की यादों ने उसे बेचैन कर दिया था। अब वह लेख लिखने में असमर्थ था। उसने एक कागज़ पर लिखा—

सम्पादक जी,

आपके बाल विशेषांक के लिए लेख लिखने में असमर्थ हूँ। देर से सूचना देने के लिए माफी चाहता हूँ।

पुनश्च :

बालवर्ष के उपलक्ष्य में बच्चों की उम्र में से एक वर्ष कम नहीं कर सकते?

—डॉ. राजेन

●

दो किनारों से टकराती-कसमसाती नदी की कहानी

—रजनीकुमार पंड्या[*]

सीधी-सादी कहानी की परिभाषा दी जा सकती है—ऐसी रसात्मक घटना जिसमें प्रारम्भ-मध्य और अन्त हो, वह कहानी है। परन्तु साहित्यिक विधा 'कहानी' को परिभाषित करना हवा को मुट्ठी में पकड़ने जैसा है; जिसे अनुभव कर सकते हैं, अक्षरों में बाँध सकते हैं परन्तु खुले हाथों से पकड़ नहीं सकते।

कुछ भी सीधे सीधे न कहते हुए भी बहुत कुछ कह देने की कला—यह परिभाषा तो समग्र साहित्य के लिए भी दी जा सकती है परन्तु विशेष रूप से पहले नम्बर पर काव्य और दूसरे नम्बर पर कहानी पर लागू होती है। इसके बाद भी वह कहानी होगी ही, ऐसा नहीं कह सकते। यह महत्त्वपूर्ण है कि कुछ सीधा न कहने पर भी व्यंजना से जो कहा गया है, वह ठीक प्रकार से कहा गया है या फिर वह बुलबुले जैसा है।

कहा गया है कि वह जीवन का कोई शाश्वत, अकाट्य सत्य हो, चिरंतन, सर्वकालीन, सर्वदेशीय और सर्वस्पर्शी हो तो ही उसे 'कहानी' कहा जा सकता है। चाहे वह फिर परम्परागत शैली में कहा गया हो या फिर आधुनिक शैली में, सत्य घटना के रूप में कहा गया हो या काल्पनिक रूप में, इन सबका कोई महत्त्व नहीं है। यह मात्र बाहरी आवरण हैं, सही मूल्य तो अन्दर के गहने का है। इस प्रकार की कशमकश करते कहानीकारों की पूरी पीढ़ी का निर्माण 1950 के बाद के समय में 'चाँदनी', 'आराम' और 'नवचेतन' द्वारा हुआ था। 'आराम' और 'चाँदनी' इनमें भी विशेष रूप से 'चाँदनी' शुद्ध और निरपेक्ष कहानी की ओर कहानीकारों का दिशा-निर्देश करनेवाली पत्रिका थी। मेरा स्वयं का अनुभव है कि इसके मापदंड कितने कठिन थे।

श्री नरेन्द्र मोदी 'चाँदनी' और 'आराम' की आग से गुज़रे हैं इसलिए उनकी

---

[*] गुजराती कहानीकार एवं उपन्यासकार, डी-8, राजदीप पार्क, मीरा टॉकीज़, चार रास्ता, बलियाकाका रोड, मणि नगर, अहमदाबाद।

कहानियों में इस तरह का कुछ सत्व तो अवश्य ही होगा। कुछ इसी सोच के साथ 'प्यारी बेटी भोलू' पढ़ गया। इससे एक ओर अपेक्षा जगती है तो दूसरी ओर दहशत भी सिर उठाने लगती है। इसलिए पढ़ते समय इस दहशत को भी साथ रखा था जैसे चौकीदार टार्च के साथ लकड़ी भी रखता है। इस बात का आनन्द है कि यहाँ टार्च काम आई, लकड़ी का उपयोग नहीं करना पड़ा। इनकी और कहानियाँ तो नहीं पढ़ सका परन्तु मित्र गुणवंत शाह की प्रस्तावना पढ़ने को मिल गई थी। उससे पता चल गया कि सभी कहानियों की विषयवस्तु मातृत्व है। मातृत्व की विषयवस्तु साहित्य सृजन के लिए अक्षयपात्र जैसी है। इसकी सैंकड़ों छटाओं में से एक को भी कहानी में समा लिया गया तो वह उच्च श्रेणी दिला सकती है।

इस कहानी में मातृत्व के दो रूप हैं। एक मातृत्व पुरुष शरीर में अवतरित हुआ है। इसलिए वह छुपा रहता है। दूसरा तो स्त्री शरीर में ही है। परन्तु वह कुछ स्थूल और मुखर है, इसकी धार चुभती है। लेकिन प्रकृति ने प्रत्येक माता को ऐसी धारवाला कम या ज़्यादा मातृत्व अवश्य दिया है। कहीं वह सीधे-सीधे प्रकट होती है तो कहीं उसकी अभिव्यक्ति सांकेतिक है। कहानी में इन दोनों का टकराव है।

इसे कुछ विस्तार देने की आवश्यकता लगती है। किसी के मन में सहज प्रश्न उठ सकता है कि पुरुष शरीर में मातृत्व का जन्म कैसे हो सकता है। पुरुष तो हमेशा पितृभाव का अनुभव करता है। इस कहानी का मुख्य पात्र राजेन भोलू के लिए जो अनुभव करता है, उसे पितृ भाव क्यों नहीं कहा जाए? क्यों उसे ठोक-पीटकर मातृभाव के साँचे में बैठाया जाए? इसका उत्तर शरीर नहीं दे सकता, मन ही दे सकता है। पत्नी की मृत्यु के बाद छोटे-छोटे बच्चों को किसी स्त्री की सहायता के बिना, दूसरा विवाह किए बिना पालते पुरुष को देखोगे तो इसका उत्तर मिल जाएगा। मैंने ऐसे कई पुरुषों को अपने पास पड़ोस में देखा है। वे शरीर से पिता हैं परन्तु मन से माता की भूमिका में हैं। परन्तु ऐसे पुरुषों में सहज कठोरता बालक को चोटिल किए बिना नहीं रह सकती। यदि वे लाड़-प्यार के कोमल क्षणों में पिता को दूर रखकर मातृ-मानस को धारण करें, तभी वे संतानों को माता की सहज-ऋजुता दे सकते हैं।

इस कहानीकार ने राजेन का पात्र इसी प्रकार का बनाया है। जब भोलू बच्ची थी तभी से वह वात्सल्य भाव से सामीप्य देता रहा है। परन्तु इस वात्सल्य भाव में जो तीव्र लगाव है, वह पितृ ग्रन्थी के कारण नहीं, मातृमानस की उपज है। मेरी इस बात का समर्थन मनोवैज्ञानिक करेंगे कि कोई पुरुष सम्पूर्ण पुरुष नहीं होता, स्त्रीत्व का अंश उसमें न्यूनाधिक होता ही है। ये अंश ऐसे पात्रों की समीपता से मुखरित

हो उठते हैं। राजेन जब भोलू के साथ होता है, तब ये अंश पूर्ण मुखरित हो उठते हैं, वह इस बारे में भले सजग नहीं हो। वह अपने भीतर की हलचल (अंडरकरंट) को समझे ही यह ज़रूरी नहीं है। इसे हम भाव के रूप में जानते हैं। राजेन का बच्ची के साथ अनायास शुरू हुआ यह लगाव, उसे लम्बे समय में गहरी वेदना तक ले जाता है। यह सम्बन्ध सिर्फ मामा के घर रहते किरायेदार की बेटी के शैशव तक सीमित नहीं रहता। समय के बहाव में वह आत्मीयता के रूप में विकसित हो जाता है। राजेन को बचपन से छोटे बच्चों के बीच रहना अच्छा लगता है। कहानीकार उसे बड़े होने पर चाइल्ड स्पेश्यलिस्ट बनाने तक नहीं ले गया होता तो भी पात्रलेखन में उसके रुख का संकेत मिल जाता है। मैं यह मानता हूँ कि चाइल्ड स्पेश्यलिस्ट बनने से इस पात्र की लक्ष्मण रेखा कुछ मोटी हो जाती है। कहानी में क्या है, इतना ही आस्वादन कराने वाले का अधिकार है, क्या नहीं है, यह बताना नहीं?

राजेन ने विवाह नहीं किया यह भी उसकी बाल निष्ठा का परिचायक है। विवाह कर लेता तो शायद प्रेम का झरना या फिर अटेन्शन बिखर जाता, ऐसी दहशत का यहाँ संकेत है जो इस पात्र की मानसिकता के साथ सुसंगत है।

पुरुष में प्रकट होता मातृभाव इस कहानी को दूसरी कहानियों से विशिष्ट बनाता है।

''ईश्वर हर जगह नहीं हो सकता—इसलिए उसने 'माँ' बनाई।''

—एडिसन

स्मारक

स्मारक

पिछले एक साल से घर जाना नहीं हो पाया था। मुश्किल से मिली नौकरी, छुट्टियों की कमी और इतनी दूर से अहमदाबाद तक जाना कहाँ सम्भव था?

पर आज मन घर जाने के लिए व्याकुल हो गया। मेरे आखिरी पत्र का सुलभा बहन ने कोई उत्तर नहीं दिया था। शायद नाराज़ भी हों।

आज छुट्टी के लिए अर्जी दी तब बॉस ने कितने प्रश्न पूछे थे—

ज़रूरी काम है?

कोई विवाह है?

माताजी बीमार हैं?

कहीं अकेले मिलने जाना है?

कहीं दूसरा इन्टरव्यू है?

यहाँ ऊब गए हो?

अरे...रे कितने प्रश्न!

मुझे इनमें से कोई काम नहीं था, फिर भी गोल-गोल उत्तर दिया—ज़रूरी काम है और तीन दिन की छुट्टी मिल गई।

बॉस को कैसे समझाता कि ज़रूरी काम है के पीछे भावनाओं का कैसा खंडहर खड़ा है। पिछले एक वर्ष में अपने घर जाने के लिए इतना अधीर कभी नहीं हुआ था, जितनी अधीरता महेश के घर जाने की थी। अरे, महेश के घर

नहीं, सुलभा बहन के यहाँ...अब उस घर में महेश की यादों के अलावा और रहा भी क्या था।

इस तीन जनवरी को महेश की पाँचवीं पुण्यतिथि थी। कोई राजनेता एकाध समाचारपत्र में अथवा मुहल्ले के नुक्कड़ पर लगाए स्मारक पर चुपचाप नाम पढ़कर शहादत के पाँच वर्ष पर एकाध श्रद्धांजलि दे देगा। पर मेरे लिए तो यह सही अर्थों में पुण्यतिथि थी इसलिए तो मैं अहमदाबाद पहुँचने के लिए बेचैन था।

शाम को ऑफिस से छूटकर एक-दो कपड़े बैग में डालकर अहमदाबाद के लिए चल पड़ा।

बस की गति मुझे तेज़ी से अतीत में ठेल रही थी। महेश के साथ बिताए बचपन के दिन मैं आज भी याद करता था—जैसे जवानी के दिनों में किसी लड़की के साथ हुई छोटी-सी मुलाकात कोई युवक याद करता है। महेश को पिता का वात्सल्य नहीं मिला था। विधवा माता सुलभा बहन बालमन्दिर चलाकर घर की ज़िम्मेदारी उठाती आ रही थीं। सुलभा बहन ने हद से ज़्यादा कष्ट सहकर भी कभी महेश को पिता की कमी नहीं खलने दी थी।

वे महेश से बहुत प्यार करतीं, पर संस्कारों के बारे में बहुत सजग रहती थीं। इसलिए छात्र जीवन में मुझे महेश एक मित्र से अधिक लगता था। उसकी बातों में गम्भीरता, अपने विचारों के प्रति आग्रह और उनमें स्वप्नशील भावनाएँ प्रकट होती थीं।

एक बार कक्षा में पढ़ाते समय शिक्षक ने कुछ बेहूदा उदाहरण दे दिया, महेश ने कोई परवाह किए बिना उन्हें टोका और उनकी गलती बताई, वह ऐसा आदर्शवादी था। वह उच्च जीवन मूल्यों से कोई समझौता नहीं करता था इसलिए उसे बहुत कुछ सहन करना पड़ता था। ऐसा मुश्किल से कोई प्रसंग घटा होगा, जब कभी संकट आया हो और महेश ढाल की तरह नहीं खड़ा हुआ हो।

महेश के ऐसे व्यवहार से सुलभा बहन को मन में अवश्य संतोष होता था। उन्हें भी अपने संस्कार पोषित होने का आनन्द था। अपने जवान पुत्र के

ऐसे जीवन के लिए स्वर्ग में बैठे पिता को खुशी होगी, ऐसे भाव मात्र से सुलभा बहन का मन कर्तव्य निभाने के कारण पुलकित हो जाता। महेश के पिता का खुश होना स्वाभाविक था, क्योंकि उन्होंने भी भरी जवानी में आदर्शों के लिए अपना जीवन कुर्बान कर दिया था।

तेज़ गति से चलने वाली बस अभी आधे रास्ते ही पहुँची होगी कि हाईवे पर एक छोटे से होटल पर रुक गई। कप-प्लेट की आवाज़ ने मुझे फिर से वर्तमान में लाकर खड़ा कर दिया था।

कल महेश की पुण्यतिथि है। सुबह ही उसके घर पहुँच जाऊँगा। मन में कोई कार्यक्रम बना रहा था। हर पल महेश का चेहरा मेरी आँखों के सामने उभर आता था। मैं कल उसकी फोटो पर फूल चढ़ाऊँगा। मैं अकेला ही नहीं और भी कई लोग लाइन में खड़े होंगे। क्या मैं लाइन में खड़े लोगों में से एक हूँगा या फिर कुछ...ओह...विचार प्रवाह टूट जाता है। नहीं...नहीं महेश की आँखें अवश्य मुझे खोज रही होंगी। जैसें मृत्यु के समय खोज रही थीं? मैं फूल चढ़ाऊँगा उस समय वह फूलों की एक-एक पत्ती से न जाने कितने सवाल पूछेगा? हाँ, महेश सवाल ज़रूर करेगा, पर गुस्सा तो कदापि...

और हृदय की बात करने के लिए मैं ही तो एकमात्र साथी था। वह ज़रूर पूछेगा—अरे अंकित, तेरे लिए भी मैं मर चुका हूँ? तुझे पता है, मेरी श्मशानयात्रा में आए नेता मुझे श्मशान पहुँचाने के लिए बहुत जल्दी में थे। जिससे समाचारपत्र छपने से पहले उसमें शोक संदेश छप सकें। और वे पत्रकार और फोटोग्राफर भी कितनी जल्दी मचा रहे थे। उनका पत्र अधिक बिके इसलिए वे एक सौ एकवें शहीद की मृत देह का फोटो और खबर बड़े अक्षरों में चाहते थे। और युवकों का समूह...मेरी चिता की एक-एक अग्नि ज्वाला से प्रेरणा लेकर संघर्ष की मशाल को जलाये रखना चाहता था।

माँ...दूर खड़ी सिसकियाँ ले रही थी, पर 'महेश अमर रहो' के गगनभेदी नाद के बीच मेरे सिवा उसकी सिसकी किसे सुनाई देती? अंकित, मुझे भरोसा था कि तू अवश्य इन आँसुओं का आसरा बनेगा। क्या मैं किसी की संवेदना

के लिए या किसी के समाचार की सामग्री या प्रेरणा के लिए मरा था?

महेश ज़रूर मुझसे बहुत कुछ पूछेगा। क्या उत्तर दूँगा? यह कहूँगा कि तेरी विधवा माँ से पूरे एक वर्ष बाद मिलने आया हूँ। मरते समय...

उस मृत्यु में भी कितना बलिदान था। एक वर्ष पहले पूरा गुजरात भ्रष्टाचार के विरुद्ध संघर्ष के लिए उठ खड़ा हुआ था। एक के बाद एक जीवनों को समर्पित करके आदर्शवादी तरंगें मूल्यों का अभिषेक कर रही थीं। महेश ने मृत्यु का वरण किया, उससे पहली रात का भाषण उसकी भावनाओं की पराकाष्ठा था। उसका एक-एक शब्द मानव हृदय को झंझोड़ रहा था। वह लोकशक्ति को प्रस्थापित करने मैदान में उतरा था। उसने सरकारी हिंसा और माल-असबाब के नुकसान का भी सख्त विरोध किया था। जनता उसके कथन का तालियों से स्वागत कर रही थी। सभा में खड़े मानव समुदाय को आभास हो रहा था कि जब तक ऐसे युवा देश में हैं, तब तक देश का भविष्य उज्ज्वल है।

पर किसे पता था कि एक विधवा का प्यारा बेटा इतनी जल्दी भारत माता को प्यारा हो जाएगा। तीन तारीख की सुबह ही मुहल्ले के नुक्कड़ पर लूटपाट होने के समाचार आए, महेश को यह बात नागवार लगी हो ऐसा न था। मुहल्ले के नुक्कड़ पर लूटपाट करते टोले को रोकने का प्रयत्न कर रहा था कि पुलिस वैन आकर रुकी। देखते ही देखते राजनेताओं का कथन सही प्रमाणित हुआ कि गोली पर किसी का पता नहीं लिखा होता और एक गोली महेश के आरपार निकल गई। घायल महेश को लेकर अस्पताल पहुँचे। डॉक्टर के अनुसार उसका बचना सम्भव नहीं था। फिर भी उसके चेहरे पर कहीं विषाद नहीं था। वह मानो सुलभा बहन को आश्वासन दे रहा था। जैसे उसे दृढ़ विश्वास था कि उसकी मृत्यु भी आदर्शों के लिए ही होगी। उसने मुझसे वचन लिया था कि माँ का ध्यान रखूँगा और...मैंने आँसू भरी आँखों से वचन दिया था।

परन्तु मैं स्वयं...एक वर्ष बाद सुलभा बहन का हालचाल लेने के लिए आया हूँ। मन में बहुत पश्चाताप हो रहा था।

ऐसी कठिन परिस्थितियों में भी सुलभा बहन ने मुझसे कभी कोई अपेक्षा

नहीं रखी थी। एक बार एक काम ज़रूर सौंपा था। वे कान में 'महेश' शब्द पड़ते ही बहुत व्यथित हो जाती इसलिए वे चाहती थीं कि बालमंदिर के बच्चों में कोई महेश नामधारी नहीं हो तो अच्छा है।

सुबह सवेरे नित्यक्रियाएँ निबटाकर मैं महेश के घर पहुँचा। आँखों को विश्वास नहीं आए ऐसा दृश्य था। एक जर्जरित शरीर खाट पर पड़ा था। घर भर में धूल जमी थी। मेरी चेतना यह स्वीकार नहीं कर पा रही थी कि वे खाट, से ही हाथ लम्बा करके दूर मेज़ पर रखे महेश के फोटो को छूने का असफल प्रयास कर रही थीं।

मुझे देखते ही उन्होंने प्रेम के साथ मेरा स्वागत किया। मेरे आने का कारण वे समझ गई थी—'बेटा! अभी तू एक ही है जिसके लिए महेश अभी जीवित है।' और उनका गला भर आया...उनका स्पष्ट संकेत था, महेश की मृत्यु के समय उसकी पार्थिव देह पर फूलों और स्तुति के ढेर बना देनेवाले नेताओं की ओर।

आज सुलभा बहन महेश की बात करके अपने हृदय को हलका कर लेना चाहती थीं—'बेटा! महेश तो आदर्शों के लिए चला गया...उसने मौत अपनाई तो वह बहुत आनंद में होगा। पर...आज ज़रूर उसकी आत्मा दुखी हो रही होगी। उसे सपने में भी ख्याल नहीं होगा कि जिन मूल्यों के लिए वह मरा वे तराजू में तुल रहे हैं और उन मूल्यों की बात करनेवाले अवसरवादी निकलेंगे। उसके आदर्श अधूरे रह गए, इसका दुख उसे ज़रूर होगा...और देख तो...मैं भी उसके आदर्शों को पूरा करने के लिए कहाँ कुछ भी कर पाई?'—सुलभा बहन की आँखें भीग गईं।

मैं सुलभा बहन को आश्वासन देता, इतने में युवकों का समूह दरवाज़े पर दिखाई दिया। आवाज़ आई—'माँ जी, चलो...वोट देने का समय हो गया है। ज़रा जल्दी करो...हमारे...को ही वोट देना...भूलना नहीं।' सुलभा बहन फिर से व्यथित हो गईं—"ये नेता तो बहुमत के पीछे दौड़ रहे हैं...फिर वह वोट का हो या शहीदों का। उन्हें तो अपने पक्ष में अधिक सिर चाहिए...बस।"

सुलभा बहन का हाथ पकड़ कर मैं उन्हें मुहल्ले के नुक्कड़ पर महेश के स्मारक के पास फूल चढ़ाने ले गया। अच्छा हुआ। वहाँ एक भी फूल नहीं चढ़ा था। आँसू की दो बूँदें पड़ी थीं...और वह भी महेश के फोटो से ही टपकी थीं।

●

किसका स्मारक–शहीद का या आदर्श और मूल्यों का

—हसमुख रावल[*]

इस बात की तो कई बार चर्चा हुई है कि ये कहानियाँ जब लिखी गई तब श्री नरेन्द्र भाई मोदी गुजरात के मुख्यमन्त्री नहीं थे। मेरा सौभाग्य रहा कि इस संग्रह की प्रत्येक कहानी को इस संग्रह के प्रकाशन से पहले पढ़ चुका था। इसलिए एक बात मैं ज़ोर देकर कहना चाहता हूँ कि पहले लिखी गई इन कहानियों में भविष्य में 'गुजरात के नाथ' या 'छोटे सरदार' की झलक अवश्य मिलती है। आपात काल और उसके बाद भी भावनात्मक राष्ट्रीयता के अकाल की पीड़ा को दूर करने के लिए आज भी वे मुख्यमंत्री के रूप में कटिबद्ध हैं और उन्होंने गुजराती जनता के लिए अनेक लोक-कल्याण के कार्य करते हुए अपने भाव जगत को व्यापक करके उसमें आंतरिक प्रवाहों को बहने दिया है।

इस संग्रह में माँ के 'प्रेमतीर्थ' समान हृदय में उमड़ते सागर को तो उन्होंने अच्छी तरह से शब्दबद्ध किया ही है, साथ ही साथ पहले और अभी के भी मानव-जीवन में जो द्वन्द्व-संघर्ष और पीड़ाओं की शृंखला बनी थी उसके अनेक प्रतिबिम्ब यहाँ प्रभावपूर्ण रूप से व्यक्त हुए हैं।

'स्मारक' कहानी की ही बात करें तो एक कलाकार की तटस्थता या कहानीकार की कुशलता इसके प्रारम्भ में ही दिखाई दे जाती है। शीर्षक को देखकर लगता है कि यह कोई लोक कथा होगी। ज्वलन्त प्रश्न पर कहानी पढ़ने के बाद तीर की तरह इस युग का आदर्श और मूल्यों का ह्रास—अर्जुन के लक्ष्यभेदी तीर की तरह पूर्णरूप से अभिव्यक्त हुआ है।

किसी भी कहानीकार के लिए यह शर्त आवश्यक है कि वह प्रारम्भ में कहानी के मर्म को प्रकट नहीं करे। इसलिए ही कहानीकार ने शहीद हुए महेश के अंतरंग मित्र अंकित को अहमदाबाद जाने के लिए छुट्टी लेने के लिए आई कठिनाइयों का वर्णन

---

[*] गुजराती उपन्यासकार एवं स्तंभलेखक, 'शब्द'-3, टैगोर नगर, कालावाड़ रोड, राजकोट-360001

किया है। ऐसा संयम रखते हुए अंकित शहीद महेश की माँ का उल्लेख करने के बाद उसकी शहादत के पाँच वर्ष पूरे होने की बात धीमे से करता है। इसके बाद संक्षेप में उल्लेख करता है कि पिता का साया महेश से बचपन में ही छिन गया था और विधवा माता सुलभा बहन अपार कष्ट उठाकर बालमंदिर चलाकर महेश को माता-पिता दोनों का प्रेम देती हैं। इसके बाद इस सत्य को संकेत में ही बताता है कि माता के आदर्श और मूल्य पुत्र में संवर्धित होकर आए हैं। इसमें एक आदर्श नारी एवं वात्सल्य पूर्ण माँ का चित्र प्रस्तुत हुआ है। जिसने अपना जीवन पुत्र के संस्कारों के पीछे अर्पित कर दिया।

बस में यात्रा कर रहे अंकित के विचार-सूत्र कुछ आगे बढ़ते हैं—

''मैं कल उसके फोटो पर फूल चढ़ाऊँगा। मैं अकेला नहीं, बहुत से लोग कतार में खड़े होंगे।' और अंकित के मन में प्रश्न उठता है :

'क्या मैं भी उस कतार में खड़े हुओं में से एक ही होऊँगा या फिर कुछ...ओह...'

इस बिंदु पर 'एक ही होऊँगा या' में सामाजिक व राजनीतिक जीवन के दुखद यथार्थ के प्रति संकेत ही नहीं, बल्कि सूक्ष्म ढंग से व्यंग्य भी हैं। इस स्थल पर संवेदनशील पाठक समझ जाता है कि श्री नरेन्द्र भाई मोदी की कथा-संकल्पना का सहज मूल स्रोत कहाँ है।

कोई साधारण व्यक्ति शहीद हो तो अपने अन्तरंग सम्बन्धों में तो वह सदा के लिए अमर ही रहता है।

परंतु नेता? पत्रकार व फोटोग्राफर? शहीद की श्मशान यात्रा में आए नेता उसके पार्थिव शरीर को श्मशान ले जाने के लिए बेचैन इसलिए थे कि शाम के समाचारों में उनके बारे में खबर छप सके। पत्रकार व फोटोग्राफर इसलिए अधीर थे कि एक सौ एकवें शहीद का फोटो और समाचार बड़े अक्षरों में छापें जिससे समाचारपत्र की प्रतियाँ अधिक बिकें। उस समय 'महेश अमर रहो' के नारों के बीच माँ रो रही थी। उसकी मूक वेदना का रुदन कौन सुनता?

जिस भ्रष्टाचार का ज़हर देश और दुनिया की नस-नस में फैल गया है, ऐसे एक भ्रष्टाचार विरोधी आन्दोलन में भाग लेते हुए पुलिस की गोली से गुजरात में महेश ने बलिदान दिया था।

महेश के मित्र अंकित से माँ कहती है :

'आज अवश्य उसकी आत्मा दुखी हो रही होगी। जिनके लिए वह मरा वे मूल्य तराजू पर तुल रहे होंगे और तब मूल्यों की बात करने वाले अवसरवादी निकलेंगे, और उसके आदर्श अधूरे रहेंगे। इसका उसे सपने में भी ख्याल नहीं होगा।

अंत में, कहानीकार कहानी को मार्मिक मोड़ देते हैं—तुरन्त वोट देने का दबाव डालनेवाला युवकों का समूह और नेताओं के बहुमत की लार टपकाती लालसा की हल्की रेखा खींचकर।

जब सुलभा बहन और अंकित महेश के स्मारक पर फूल चढ़ाने गए, तो स्मारक पर एक भी फूल नहीं चढ़ा था!

रूम नंबर नौ

रूम नंबर नौ

राजन घर में किसी की इच्छा न होने पर भी स्वयं कार चला रहा था। आज भी वही मस्ती थी। पर...राजन की मस्ती का घर के किसी सदस्य पर प्रभाव नहीं पड़ा। पप्पा, रश्मि—कोई भी कुछ नहीं बोल रहा था। मौन के बादलों ने कार में बैठे सभी को अपने शिकंजे में ले लिया था। पर इन सबसे राजन अलग था। कभी-कभी उसका प्रभावशाली मुक्त हास्य मौन के बादलों के बीच बिजली की तरह चमक जाता था।

कैंसर अस्पताल के पोर्च में कार खड़ी करके एक बार फिर राजन मस्ती में बोला—''पप्पा, चलो...मंज़िल आ गई।''

राजन के इस वाक्य ने कार में बैठे सभी के हृदय को झकझोर दिया। ''नहीं...भैया, नहीं...मंज़िल नहीं, मुकाम...'' रश्मि ने वातावरण को हलका बनाने का प्रयत्न किया। पर अन्दर की वेदना अचानक आँखों के किनारे आ पहुँची।

रश्मि रूमाल से आँखों के आँसू पोंछने जा रही थी, वहीं राजन ने उसके हाथ को पकड़ लिया और—''अरे...अरे...'' मौन के बादलों को शब्दों की सूर्य किरणों ने स्पर्श किया। ''रश्मि, तेरी फूल जैसी सुन्दर आँखों पर कितने सुन्दर ओस बिन्दु...रश्मि, प्लीज़ इन्हें टपकने मत देना। सुन्दर... बहुत सुन्दर...'' राजन वाक्य पूरा करे उससे पहले ही जिसे टपकने नहीं देना था, वे अविरल धारा बनकर बह गये।

अस्पताल के प्रवेश द्वार पर बहुत देख-भाल करके उगाये फूलों के गमले श्रेणीबद्ध रखे थे। माली गमलों में सूखे फूलों, पत्रों को बीनने में व्यस्त था। राजन अपने स्वभाव के अनुसार सबको दोस्त बनाने का अवसर नहीं चूकता था, ''कितने सुन्दर फूल हैं!'' माली का ध्यान अपनी ओर खींचने में राजन को सफलता मिल गई। कुछ मुस्कराकर माली फिर से अपने सूखे फूलों, पत्तों को चुनने के कार्य में लग गया।

''अरे! तुम तो एक भी कुम्हलाए फूल और पत्ते को बिखरे नहीं रहने देते, कमाल है!''—राजन ने माली के काम की प्रशंसा की।

अपने काम को करते-करते माली ने उत्तर दिया—''साहब...यह अस्पताल का बाग है। यहाँ जीवन की देख-भाल होती है।'' माली के कथन में अस्पताल का दर्शन छिपा था।

राजन परिवार के सदस्यों के साथ सीढ़ियाँ चढ़ते-चढ़ते मन में दुहरा रहा था—''यह अस्पताल है, यहाँ जीवन की देख-भाल होती है।'' क्या उसकी भी देख-भाल होगी?

''रश्मि...'' राजन ने मौन को तोड़ते हुए कहा—''सभी डॉक्टर पहले माली बनते तो कितना अच्छा होता।''

कोई कुछ कहे, इससे पहले नर्स ने इशारा किया—'रूम नम्बर नौ।' ''थैंक यू वेरी मच सिस्टर!'' राजन ने अपनी अलग अदा से आभार माना और रूम नम्बर नौ में प्रवेश करते हुए कहा—''चलो भाई! मुकाम पर पहुँच गए।'' रश्मि को दुख न हो इसलिए राजन ने ध्यान से 'मंज़िल' के स्थान पर 'मुकाम' शब्द का प्रयोग किया था।

वैसे, राजन पिछले दो वर्षों में कई छोटे-बड़े अस्पताल में जा चुका था और ऐसे वातावरण से परिचित हो गया था। अस्पताल के व्यवहार को भी जान गया था। सजीव-निर्जीव सभी के साथ मस्ती से जीना, यही उसके जीवन का आनन्द था। इस आनन्द के सहारे जीवन की नौका संसार-सागर पार कर जाए, ऐसी छोटी-सी अभिलाषा को मन की गहराई, में छुपाए, वह जी रहा था। शारीरिक-मानसिक वेदना के बीच भी वह अपने हाव-भाव अपने इस आनंद में ही व्यक्त करता था।

वह कैंसर का रोगी है, यह बात उसने डेढ़ वर्ष पहले जान ली थी, फिर भी उसके व्यवहार में कुछ भी बदलाव नहीं आया था। वह इस समय पहले से अधिक आनंद में जीता था। कैंसर शब्द ने घरवालों की नींद उड़ा दी थी, ऐसे समय में राजन की मस्ती उनके जीवन में भी आशा का संचार करती थी।

राजन का मानो जीवन सूत्र ही था—'जीवन उसके लिए मृत्यु है, जो जीवन से डरता है। मृत्यु को भी ऐसे जीवन का साहचर्य अच्छा लगता है।'

गमगीन परिवेश वाले अस्पताल में 'रूम नम्बर नौ' का रुतबा अलग ही था। राजन को अस्पताल में आए अभी मुश्किल से एक घंटा हुआ था, पर आते-जाते सब रूम नम्बर नौ और राजन से परिचित हो गए थे। रूम नम्बर नौ की दीवारें अपने निर्माण के बाद पहली बार मुक्त हास्य को अनुभव कर रही थीं। अब तक उन पर टकराये थे वेदना की आह और चीत्कार और कभी-कभी मृत्युशय्या से उठता रुदन। आज पहली बार उनसे हास्य, विनोद और जीवन की मस्ती के स्वर टकरा रहे थे। मानो कोई आज मृत्यु पर जीवन का अभिषेक करने को मचल रहा था।

रूम नम्बर नौ की निर्जीव दीवारों द्वारा इन स्वरों की प्रतिध्वनि देना सरल था। पर उसमें बैठे पप्पा और रश्मि के मुख पर वेदना के अलावा कोई भी भावाभिव्यक्ति संभव नहीं थी।

'राजन बाबू...' नर्स ने कमरे में प्रवेश करते हुए बुलाया। उसका वाक्य पूरा हो, उसमें पहले वह राजन के पास पहुँच गई।

"ये कपड़े...यहाँ का नियम है कि आप"—नर्स ने अस्पताल में पहननेवाले कपड़े विनयपूर्वक राजन को दिए।

"सिस्टर! तुम यहाँ नई आई लगती हो?" राजन ने हँसते हुए परिचय करने के लिए प्रश्न किया।

"हाँ, पर तुम्हें कैसे पता चला?" नर्स ने आश्चर्य से पूछा।

जितनी तेज़ी से तुम कमरे में आईं और तुम्हारे व्यवहार में जो सक्रियता दिखाई दी, वह ढाँचे में ढले कर्मचारियों में कहाँ होती है! इससे...ही..." राजन ने नर्स की प्रशंसा करके उसे जीत लेने का अवसर नहीं जाने दिया। साथ-ही-साथ

उसकी जवाबदारी की ओर इशारा भी कर दिया।

''धन्यवाद...'' नर्स ने उत्तर दिया।

''ऐसे अकेला धन्यवाद नहीं, नई नौकरी मिली है, तो मिठाई भी'' ...राजन ने पहले परिचय में ही आत्मीयता बढ़ा ली थी।

अस्पताल का पहला ही दिन था, दिनभर के रूटीन में रूम नम्बर नौ में आवा-जाही ने सबका ध्यान खींचा था। छोटे-बड़े कई डॉक्टरों ने राजन के रूम में राउन्ड लिया था। नर्सें इधर-से-उधर आ-जा रही थीं। राजन के पुराने केस के सभी पर्चे अन्दर-बाहर आ-जा रहे थे। नर्स हर घंटे का टेम्परेचर नापने के लिए समय पर आ जाती थी। कुछ अन्तर पर दो-तीन इंजेक्शन भी दिए गए थे। स्वीपर भी तीन बार रूम की सफाई कर गई थी। आज राजन की आब्ज़र्वेशन रिपोर्ट तैयार हो रही थी। अभी नई ट्रीटमेन्ट शुरू नहीं की गई थी।

राजन की बीमारी की गम्भीरता से डॉक्टर अनजान नहीं थे। राजन के लिए पूर्ण आराम आवश्यक था इसलिए डॉक्टर ने अस्पताल के सभी कर्मचारियों को उसके आराम के लिए सख्त हिदायतें दे दी थीं। फिर भी, राजन को रोकना मुश्किल था। और डॉक्टरों व नर्सों की सख्ती के बावजूद राजन रूम से बाहर निकलने में सफल हो गया था।

हमदर्द बनकर किसी का दुख सुना तो किसी की फरियाद। एक लम्बे समय तक घूमने के बाद वह अपने रूम में आया। सूरज अस्त होने की तैयारी में था।

रश्मि राजन के लिए घर से खाना बनाकर ले आई थी। राजन ने मन-ही-मन कहा—''अच्छा हुआ कि उसके रूम में पहुँचने के बाद रश्मि आई, नहीं तो—''

पहले जब-जब राजन को अस्पताल में रहना पड़ा, तब-तब रश्मि भी साथ रुकी थी। आज भी रश्मि उसी तैयारी के साथ आई थी लेकिन तबीयत में ज़्यादा तकलीफ न होने के कारण राजन ने उसे घर जाने का आग्रह किया था।

आस-पास के रोगियों की चहल-पहल के कारण राजन जल्दी उठ गया था। बाहर स्वीपर साफ-सफाई कर रहे थे। सभी जगहों पर बड़ी सावधानी से सफाई हो रही थी। लॉबी में खड़े-खड़े राजन ने देखा कि वह माली भी अपने काम में लगा हुआ था। उसका वाक्य राजन को याद हो आया—''यहाँ जीवन की देख-भाल

होती है।''

अचानक राजन को याद आया कि आज इस अस्पताल के मुख्य डॉक्टर मि. राव वार्ड में राउंड पर आने वाले हैं। राजन भी जल्दी तैयार हो गया।

रश्मि अभी नहीं आ पाई थी, शायद काम में देर हो गई होगी। बेचारी अकेली कितना कुछ कर रही है। अकेले होने पर राजन दूसरों के बारे में सोचकर दुखी होता था। उनमें भी रश्मि उसके लिए जो कष्ट उठा रही थी, अपने अरमानों को कुर्बान कर रही थी, यह सब राजन के मानस पटल पर उभर आता था।

''मे...आई...कम...इन?'' मधुर आवाज़ ने राजन को विचार तंद्रा से जगाया। राजन ने स्वस्थ होने का प्रयास किया, पर विचारों के कारण मुख पर उभरी वेदना की रेखाओं को मिटा नहीं पाया।

राजन कोई उत्तर दे, उससे पहले, लगभग पच्चीस वर्ष की, जिसके चेहरे पर निर्मल स्मित था, जिसका व्यक्तित्व प्रभावशाली था, प्रकृति ने बड़े करीने से देह यष्टि को गढ़ा था और सौन्दर्य प्रदान करने में कोई कमी नहीं छोड़ी थी, ऐसी कुलीन दिखाई पड़ने वाली युवती राजन के पलंग के पास आकर खड़ी हो गई।

''राजन बाबू, आप...'' मधुर आवाज़ के साथ लड़की के चेहरे पर स्मित भी बरसने लगा। तरुणी का वाक्य पूरा हो उससे पहले राजन बोला—''राजन बाबू नहीं, सब मुझे राजन कहते हैं।'' बार-बार देखना अच्छा लगे, ऐसा हास्य रूम में फैल गया था।

''आप जल्दी स्वस्थ हो जाओ, ऐसी हृदयेच्छा।'' राजन ने उसकी ओर स्टूल खिसकाया। बिना किसी आनाकानी के वह स्टूल पर बैठकर कुछ पल में खड़ी हो गई—''राजन बाबू...''

''नहीं...'' राजन ने मना किया।

''ओ.के...राजन...फिर कभी...'' दो वाक्य कहकर वह चल दी।

राजन को कुछ नहीं सूझा, जल्दी में वह पूछ बैठा—''आपका नाम?''

''राभि...'' एक बार फिर हास्य का पुंज इन दो अक्षरों के साथ राजन को छू गया—मानो यह एक स्वप्न हो।

राजन बार-बार बड़बड़ाता रहा—''राभि...राभि''

रश्मि चाय-नाश्ता लेकर आ गई थी परन्तु राजन सुबह की घटना में ही मशगूल था।

स्टाफ की चहल-कदमी बढ़ने से राजन को समझते देर नहीं लगी कि डॉ. राव आ पहुँचे हैं।

डॉ. राव प्रत्येक रूम के रोगी से व्यक्तिगत तौर पर मिल रहे थे। उनके साथ सीनियर-जूनियर डॉक्टरों-नर्सों का बड़ा समूह था।

वे रूम नम्बर नौ में प्रवेश करें कि तुरन्त राजन ने खड़े होकर ''गुड मॉर्निंग डॉक्टर'' कहकर सभी का अभिवादन किया। आवाज़ में उत्साह देखकर क्षणभर को डॉक्टर राय को भी लगा कि यह रोगी के किसी सम्बन्धी की आवाज़ होगी।

डॉ. राव ने केस पेपर देखे। केस पेपर्स की डिटेल देखते-देखते बार-बार उनकी नज़र राजन की ओर उठ जाती। कभी-कभी डॉ. राव एकटक राजन को देखते रहते और हर बार उन्हें राजन मुस्कान बिखेरता दिखाई देता।

दूसरे रोगियों की अपेक्षा डॉ. राव ने राजन के केस में ज़्यादा समय दिया। उन्होंने राजन से कुछ आवश्यक प्रश्न पूछे। डॉ. राव के प्रश्न जीवन-मृत्यु के भेद की रेखा को पार करने वाले थे और प्रश्नों की गम्भीरता में भी राजन के उत्तरों में हास्य और आनन्द के आवरण में लिपटा हुआ जीवन का सत्य प्रकट होता।

छोटी मुलाकात में ही डॉ. राव को राजन का व्यक्तित्व प्रभावित कर गया परन्तु उसके केस पेपर्स उन्हें परेशानी में डाल रहे थे।

डॉ. राव रूम से विदा लें उससे पहले ही राजन ने बड़ी सहजता से कहा—''सर, मुझे आपको बहुत अभिनन्दन देना है।'' राजन की आँखें चमक रही थीं। डॉ. राव को भी राजन की बातें रुचिकर लगीं। कुछ रुक कर उन्होंने पूछा—''किस लिए?''

''डॉक्टर साहब, यहाँ की सारी व्यवस्था बहुत अच्छी है। सचमुच यहाँ का वातावरण इतना शान्त और सुन्दर है कि यहाँ मरने में भी मज़ा आएगा।''

राजन की बातों में मगन डॉ. राव को उसके अन्तिम वाक्य ने हिला दिया। साथ आए सभी लोग राजन को अजीब नज़रों से देखने लगे।

''ओह, यंग बॉय!'' इससे अधिक डॉ. राव नहीं बोल पाए। राजन की यह बात रश्मि को अच्छी नहीं लगी, पर वह भी उसे रोक नहीं सकती थी।

आज दिनभर कई डॉक्टरों और नर्सों की आवा-जाही उसके रूम में रही। आज कुछ इंजेक्शन और टेब्लेट में बढ़ोतरी हुई थी।

राजन ने कल ही अस्पताल स्टाफ से जान लिया था कि प्रत्येक रोगी को एक गुलाब देना राभि का नित्यकर्म है।

सूर्योदय से पहले ही राजन की आँखें राभि की प्रतीक्षा में दरवाज़े पर लगी थीं। पूर्व दिशा की खिड़की से सूर्य किरण के प्रवेश के साथ ही राभि भी आई। आज 'मे आई कम इन?' का शिष्टाचार नहीं किया। 'गुड मॉर्निंग, राजन' कहते हुए राभि राजन के पास खड़ी हो गई।

''राभि! आज की सुबह का भी प्रारम्भ तुम्हारी मुलाकात से होने वाला है, यह मैंने कल ही जान लिया था।'' ''गुड मॉर्निंग'' का उत्तर दिए बिना राजन ने बातें करना शुरू कर दिया।

राभि मन्द मुस्कराहट से राजन की ओर देख रही थी।

''राभि, तुम्हारा यह नित्यकर्म यहाँ के लोगों को जीवन का सत्य कितनी सरलता से समझा देता है। यहाँ के ऑपरेशन-थियेटर, ऑक्सीजन सिलेन्डर, ग्लूकोज, इन्जेक्शन, गोली, दवा तुम इन सबसे एकदम अलग ढंग से जीवन का मर्म समझा देती हो।''

राभि का मुख कुछ और सुनने को आतुर है, ऐसा लगा।

ऐसा लग रहा था कि पहली बार राभि पर राजन के व्यक्तित्व की आभा का स्पर्श हुआ हो। दोनों की प्रतिभाओं का सह अस्तित्व रूम में झाँक रही सूर्य किरणों को निस्तेज करने में समर्थ था। अचानक राजन बात करते-करते चुप हो गया।

राभि पूछ बैठी—''जीवन का मर्म और वह भी सरल रूप में?''

''हाँ, राभि, यही जीवन का सत्य है।''

''पर, कौन सा?'' राभि ने अधीर होकर पूछा।

राजन के चेहरे पर अधीरता नहीं थी। कल राभि के मुख पर जो शांति

और स्वस्थता थी, वैसी ही आज राजन के मुख पर विराजमान थी।

''राभि! कल का गुलाब कितना सुन्दर और ताज़ा था। और आज वह गुलाब मुरझा गया है। यहाँ के रोगियों के जीवन का भी यही सत्य है। कल के गुलाब का आज, आज के रोगी का आने वाला कल है। वह भी यहाँ मुरझाने के लिए आता है। सिर्फ कोमल हाथ एवं स्वच्छ चादरें अतिरिक्त होती हैं।

और राभि! इसके साथ एक और सत्य जुड़ा है। गुलाब जब खिला था तो उसके साथ के काँटों में भी मृदुता थी। पर गुलाब के मुरझाने पर उसके विरह में वे भी कितने हृदयहीन, कठोर, तीक्ष्ण और कमज़ोर हो गए हैं।

राभि! यह जानते हुए भी मैं इससे ऊपर उठने का प्रयास कर रहा हूँ। मैं जानता हूँ कि उस गुलाब की तरह मैं भी कल मुरझाने वाला हूँ। पर रातदिन मेरी देख-भाल करनेवाले, चिन्ता करने वाले, रक्षा करने वाले, मेरे विरह में अपनी मृदुता नहीं गुमा दें, कठोर न बन जाएं, कोई हृदयहीन नहीं हो जाए...इसीलिए मुरझाने से पहले मैं अपनी मृदुता, सहृदयता अपने साथ के सभी को देकर उसमें सराबोर कर देना चाहता हूँ।''

इतना सब एक साथ बोलने के कारण राजन थका लग रहा था। राजन की बातों ने राभि को सन्न कर दिया था। राजन कब चुप हो गया, उसे इसका भी ध्यान नहीं रहा। उसके कानों में राजन के वाक्य ही गूँज रहे थे।

राजन ने पानी पीने के लिए गिलास की ओर हाथ बढ़ाया, इससे राभि की विचार तंद्रा टूटी। उस ने राभि की ओर पानी का गिलास बढ़ाया।

''नहीं...थैंक यू'' राभि ने उत्तर दिया। पर उसमें कहीं भी हास्य, उत्साह नहीं था।

राजन ने राभि को बैठने के लिए कहने की औपचारिकता भी नहीं की थी, यह याद आने पर उसने राभि की ओर स्टूल खिसकाकर बैठने के लिए इशारा किया।

''फिर कभी, अभी ज़रा जल्दी में हूँ।'' राभि बोल तो गई, पर राजन के पास बैठकर काफी बातें करने की इच्छा को वह दबा रही थी, इसका उसे अनुभव हुआ।

राभि दरवाज़े की ओर बढ़ते हुए बिना पलक झपकाये राजन की ओर देख रही थी। कदम रूम से बाहर जा रहे थे पर हृदय इसके लिए तैयार नहीं था।

राभि दरवाज़े से बाहर जाए उससे पहले राजन ने हँसते हुए पूछ लिया—''क्यों राभि, मेरी बात अच्छी नहीं लगी, है न...?''

''नहीं...नहीं...ऐसा...'' राभि जवाब देते हुए सकपका गई।

''तो फिर आज का गुलाब...''

राभि ने आज गुलाब देना टाला था पर राजन ने सामने से माँगा।

राभि कल की तरह उतने उत्साह से गुलाब देने को तत्पर नहीं लग रही थी। इतने में राजन बोला—''राभि...तुम गुलाब नहीं दो, उससे शायद सत्य की अवगणना कर पाओगी पर उसे छुपाया नहीं जा सकता।''

राभि ने तुरंत वापस मुड़कर राजन के हाथ में गुलाब दे दिया।

''राभि...यह हँसता गुलाब आपको भी।'' और राभि छोटी मुस्कान बिखराकर चली गई।

राजन की बात दिनभर राभि के मानस पटल पर छाई रही। राजन के पास फिर से पहुँच जाने की इच्छा को वह अधिक देर तक नहीं दबा सकी। शाम को वह फिर से राजन के सामने आकर खड़ी हो गई।

आज दिनभर राजन की तबीयत खराब रही। साँस और खाँसी दोनों निरंतर उसे परेशान करते रहे। डॉक्टर भी दौड़-धूप करते रहे थे। राजन को भी कमज़ोरी लग रही थी। निरंतर खाँसी आने पर आज 'स्पुटम' (बलगम) साफ करते समय रश्मि ने देखा कि उसके कफ के साथ काफी खून भी निकला है।

डॉक्टरों की दिनभर की मेहनत के बाद राजन को कुछ आराम मिला था। रश्मि ने राजन के पलंग पर 45 डिग्री एंगल का बैकरेस्ट लगा दिया था। इस समय राजन के मुख से नहीं लगता था कि उसने दिनभर इतनी असह्य शारीरिक पीड़ा उठाई है।

राभि के आते ही राजन ने उसका मुस्कराकर स्वागत किया। राभि को राजन की बीमारी का अनुमान हो गया कि क्यों राजन को बैकरेस्ट लेना पड़ा है। राभि के मुख पर वेदना प्रकट होने ही वाली थी, पर वह प्रयत्नपूर्वक हँस पड़ी।

''राभि''—राजन ने धीमे से बात प्रारम्भ की। ''अच्छा हुआ तुम दूसरी बार यहाँ आई।'' वह थोड़ा भावुक हो गया था। ''जिसने इस शरीर की देखभाल करने में अपना जीवन कुर्बान कर दिया, इतनी देखभाल के बाद भी जिसका परिणाम निश्चित है, ऐसी देह के लिए जिसने अपने अरमानों में आग लगा दी। हँसने-खेलने की उम्र में जिसने ज़िम्मेदारी का असह्य भार उठा लिया है...''

इतना कहते हुए राजन को फिर से तेज़ खाँसी आना प्रारम्भ हो गया। कुछ देर रुकने पर उसने वाक्य पूरा किया—''जिसने मुझे बिल्कुल तकलीफ नहीं होने दी, ऐसी मेरी प्यारी छोटी बहिन रशिम...।''

यह प्रशंसात्मक वाक्य उसके लिए थे, यह जानने पर रशिम की आँखें झुक गईं। राभि उसके गौरवपूर्ण जीवन को एकटक निहार रही थी। उसके मौन में उसके लिए आदर था।

''राजन...।'' राभि ने मौन को तोड़ते हुए बात प्रारंभ की—''ऐसी बहिन का भाई होना कितने सौभाग्य की बात है।''

''प्रकृति भी कितनी विचित्र है। ऐसी बहिन को भाई मिला, वह भी रोगग्रस्त शरीर वाला। कैसा दुर्भाग्य है...''

राजन वाक्य पूरा करे उससे पहले रशिम ने उसके मुख पर हाथ रख दिया और ऐसा कुछ न बोलने की विनती की।

''राभि! यदि मुझे श्रम, समर्पण और श्रद्धा का संयुक्त चित्र बनाना हो तो मैं केवल, केवल रशिम का ही चित्र बनाऊँ।''

रशिम को ऐसी बातें अच्छी नहीं लग रहीं, ऐसा लगने पर राभि ने बात बदलने का प्रयास किया।

''राजन क्या तुम चित्रकार हो?'' राभि के प्रश्न में प्रशंसा भी छिपी हुई थी।

'चित्रकार तो नहीं हूँ, पर आज मैंने एक ही चित्र बनाया है मम्मी का—मम्मी के स्वर्गवास के बाद...'' वह आगे कुछ भी नहीं बोल सका उसकी प्यासी आँखें कभी राभि तो कभी रशिम की ओर देख रही थीं।

राजन के चेहरे पर फैली उदासी देखकर राभि को लगा कि उससे कुछ

गलत हो गया है। उसने जाने-अनजाने राजन के हृदय को ठेस पहुँचाई है, इस अहसास के बाद राभि ने क्षमायाचना के स्वर में कहा—‘‘आई एम सॉरी...राजन, वेरी सॉरी...।’’

‘‘नहीं राभि! नहीं, इसमें सॉरी कहने की बात नहीं है। जीवन के सत्य को अलग करके जीने का आनन्द नहीं लिया जा सकता। शायद जीने के आनन्द का भ्रम पाला जा सकता हो। जब मेरी मम्मी का स्वर्गवास हुआ, तो मुझे उनका मरना बिल्कुल अच्छा नहीं लगा। मेरे लिए वह घटना असह्य थी...आज लगता है कि अच्छा हुआ, मम्मी मुझसे पहले ही विदा हो गई...’’ पथराई आँखों से स्वस्थतापूर्वक वह बोल रहा था।

राजन क्या कहना चाहता है इसका सूत्र अभी तक राभि या रश्मि के हाथ नहीं लग पाया था। वे राजन के सामने समान वेदना का अनुभव करती खड़ी थीं।

‘‘हाँ...यह घटना असह्य थी, वह प्रेम की मूर्ति थी। मेरे जीवन की यह कमी...यह सब स्मृति में आने के बावजूद आज उसके न होने का प्रभु का निर्णय मुझे अधिक ठीक लगता है।’’

कुछ देर रुककर राजन फिर बोला—‘‘राभि! संतान को अपनी माता को केवल एक बार ही दुखी करने का अधिकार है, वह भी अपने जन्म के समय, प्रसववेदना के समय...इसके बाद उसे दुखी करने का कोई अधिकार नहीं है। परन्तु राभि! आज मम्मी जीवित होती तो...एक संतान के रूप में मेरी स्थिति उसे बहुत दुखी करती, मेरी मृत्यु को वह किसी तरह नहीं स्वीकार पाती, उसके दुख का कारण मैं ही होता...एक संतान के रूप में माता को दूसरी बार दुख देने का अधिकार...’’

‘खैर! ईश्वर अधिक समझदार है।’’ राजन के मुख पर प्रसन्नता छा गई, मानो वह ईश्वर का आभार मान रहा हो।

‘‘राजन...भैया...फिर से तबीयत बिगड़ जाएगी। थोड़ा आराम कर लो...’’ रश्मि ने राजन को आराम करने की विनती की।

राजन ने राभि के बारे में रश्मि को पहले से बता दिया था। राभि और

रश्मि बातें कर रही थीं। रश्मि के हृदय में राभि के लिए काफी आदर भाव था। जो अपने नहीं थे उन सब को अपना बनाने की तपस्या के साथ राभि लोक सेवा में लग गई थी।

सूर्यास्त कब हो गया, इसका ध्यान ही नहीं रहा। दोनों की बातों में राजन ही केन्द्र में था। बातों-बातों में रश्मि ने राभि के जीवन को जानने की इच्छा की थी।

राभि को समाजसेवा की सनक सवार थी। मानव सेवा में ही उसके जीवन का सर्वोत्तम आनंद समाया हुआ था। उसका अपना सुख, अरमान, आशा, अपेक्षा कुछ नहीं था। अपने जीवन को दुखियों की सेवा में अर्पित कर सके, इसलिए उसने विवाह नहीं करने का निर्णय लिया था। रश्मि को राभि के जीवन के बारे में बहुत कुछ जानने को मिला था।

काफी देर होने पर राभि घर जाने के लिए खड़ी हुई। रश्मि को घर जाना हो तो वह उसे छोड़ देगी, ऐसा प्रस्ताव उसने रखा। पर राजन की इच्छा नहीं होने पर भी रश्मि आज अस्पताल में ही रुकने वाली थी।

आज रात से राजन को पानी भी नहीं पीना है। सुबह डॉ. राव 'फाइवर ऑप्टिक ग्रेस्ट्रोस्कोपी' के टेस्ट के लिए आनेवाले हैं। इसलिए यही... रश्मि ने घर न जाने का कारण बताकर राभि को विदा किया। रश्मि से विदाई लेकर घर पहुँची राभि ने मन-ही-मन निश्चय कर लिया था कि सुबह जल्दी उठकर अस्पताल पहुँच जाएगी।

राभि के जाने के काफी समय तक राजन जागता रहा। नींद न आने पर उसने रश्मि को जगाकर बैकरेस्ट लगाने को कहा। रश्मि भी उसे कंपनी देने के लिए जागती रही। रश्मि ने राजन को राभि से हुई कई बातें बताई, खासकर उसके व्यक्तिगत जीवन के बारे में भी बताया।

रात में नींद न आने पर भी राजन सुबह जल्दी उठकर तैयार हो गया। राभि भी आज जल्दी आ पहुँची। राजन के साथ पहली मुलाकात के समय जैसी मुस्कान आज उसके चेहरे पर थी। राजन की आँखों में राभि के लिए जैसा प्रशंसा भाव आज था वैसा पहले कभी नहीं था।

डॉ. राव ऑपरेशन थिएटर में जाने से पहले राजन के रूम में आए। उनका आना अनपेक्षित था, फिर भी राजन ने उनका स्वागत किया। राजन के चेहरे पर प्रसन्नता थी, जबकि डॉ. राव के चेहरे पर उदासी थी। उन्होंने फिर से राजन के सभी केस पेपर और रिपोर्ट देखे। डॉ. राव गहरे विचारों में डूबे लग रहे थे।

वार्ड बॉय स्ट्रेचर लेकर राजन को ऑपरेशन थिएटर में लेने आ गए थे। स्ट्रेचर देखकर उसका उपहास करते हुए राजन ने एक ठहाके से सभी का ध्यान खींचा। डॉ. राव मानते थे कि राजन को स्ट्रेचर पर ही ऑपरेशन थिएटर में जाना चाहिए। उन्होंने कहा भी परन्तु राजन से आग्रह नहीं कर पाए।

राजन हाथ में गुलाब घुमाते हुए डॉ. राव के साथ ऑपरेशन थियेटर की ओर गया। रश्मि और राभि भी साथ थीं।

''राजन...तुम्हें इस हालत में आराम की बहुत ज़रूरत है, इस तरह चलना...'' डॉ. राव ने चिन्ता जताई।

''डॉ. राव, सर! आपका भाव एक डॉक्टर से अधिक है, यह मैं जानता हूँ, पर डॉक्टर साहब! मेरा वर्तमान और भविष्य दोनों आपसे छिपे नहीं हैं। मैं जानता हूँ कि मेरा लीवर-फंक्शन टेस्ट, हड्डियों का एक्सरे और चेस्ट एक्सरे में केनन बॉल एपियरन्स ने आपको चिन्ता में डाल दिया है। सर! मैं यह भी जानता हूँ कि मेरा आखिरी रिपोर्ट सेकेन्ड्री इन लंग कैंसर का है। मैं यह भी जानता हूँ आप कैंसर का कारण खोजने में लगे हैं, उसी में आपके ध्यान में आया कि स्टमक के ग्रेटर कर्वेचर पर अल्सर है, आप आज यह निश्चित करते हो कि यह अल्सर है या सारकोमा।''—राजन एक प्रवाह में बोल रहा था मानो वह अपने शरीर से अलग हो।

डॉ. राव भी परिणाम से अनजान नहीं थे, पर परिणाम को सहन करने की राजन की मानसिक तैयारी उसके प्रति आकर्षण जगा रही थी।

रश्मि अब राजन के जीवन सम्बन्धी विचारों से अनजान नहीं थी। राभि के लिए उसकी सारी बातें नई थीं और हर बार उसके जीवन की विविधता प्रकट हो रही थी।

राजन ने ऑपरेशन थिएटर में प्रवेश करते हुए राभि और रश्मि की ओर

देखकर थोड़ा स्मित किया। रश्मि के चेहरे पर उदासी थी। आँखों का सागर छलक नहीं जाए इस बारे में वह सावधान थी। पहली बार राभि की आँखों में चिन्ता झलक रही थी, उसकी आँखें राजन पर टिकी थीं। परन्तु मन गहरे विचारों में डूबा था। दोनों में से कोई राजन के स्मित का उत्तर नहीं दे पाया।

एयर कंडीशन्ड ऑपरेशन थिएटर की गम्भीरता में ऑपरेशन बेड की लाइट बादलों की कोर पर रुपहली रेखा की तरह अलग दिखाई दे रही थी। सभी आवश्यक सामग्री बेड के पास रख दी गई थी।

राजन को बेड पर लिटाने से पहले विशेष प्रकार के कपड़े पहनाए गए। डॉक्टर-नर्सों ने भी ऑपरेशन सम्बन्धी कपड़े पहन लिए थे। डॉ. राव भी पास के रूम से ऑपरेशन गाउन पहनकर आ गए थे।

एनेस्थेट्रिक ट्राली, फेस मास्क, आईवीसेट, ब्लड-ट्रांस्फ्यूज-सेट, ऑक्सीजन सिलेन्डर, सेक्शन क्लीनर्स और अनेक छोटे-बड़े यन्त्रों की तरफ राजन ने नज़र घुमाई।

''सर! मैं होश में आपकी बातें नहीं मानता, है न? इसलिए पहले तो आप मुझे बेहोश ही करोगे? ओ.के. एज़ यू प्लीज़—'' कहते हुए राजन बेड पर लेट गया।

आधुनिक मशीन से डॉ. राव अल्सर की जाँच के लिए फाइबर आप्टिक गेस्ट्रोस्कोपी का टेस्ट लेने वाले थे।

लगभग एक घंटे तक रश्मि और राभि चिन्ता में ऑपरेशन थिएटर के सामने चक्कर लगाती रहीं।

राजन कुछ देर में बाहर आएगा, यह समाचार देकर डॉ. राव ने विदा ली। अभी राजन होश में नहीं आया था। स्ट्रेचर पर ही उसे रूम नम्बर नौ में ले जाया गया। डॉक्टर के कहे अनुसार लगभग चार घंटे में उसे होश आएगा। जैसे-जैसे होश आएगा वह छटपटा भी सकता है। यह देखकर घबराना नहीं, यह सूचना भी दी। एक-दो उल्टी भी होगी।

रूम नम्बर नौ इतनी देर तक पहली बार शान्त रहा था। राभि आज घर वापस नहीं गई। राभि और रश्मि पूरे दिन राजन के पलंग के पास बैठी रहीं

थीं। दोनों को डर था कि कहीं राजन छटपटाने न लगे, पर दोनों के आश्चर्य के बीच लगभग पाँच घंटे बाद राजन ने धीरे से आँखें खोलीं और फिर पलकें बन्द कर लीं। फिर से कुछ होश में आया, फिर से आँखें बन्द कर लीं।

इस तरह दो-चार बार करने के बाद उसने उल्टी आने का इशारा किया। रश्मि तुरन्त किडनी-ट्रे उसके मुँह के पास लेकर खड़ी हो गई। राजन को बहुत उल्टियाँ हुईं, उसके साथ काफी खून भी गिरा। एक-दो उल्टियों के बाद उसे होश आया। डॉक्टर के निर्देश के अनुसार रश्मि ने उसे पानी और अन्य तरल पदार्थ देना शुरू किया। नर्सें भी बार-बार टेम्परेचर और ब्लड प्रैशर नापकर, लिखती जाती थीं।

''रश्मि! कोई रिपोर्ट आई?''–राजन ने गेस्ट्रोस्कोपी रिपोर्ट के बारे में पूछा, पर वह अभी तक आई नहीं थी। राभि रात में उसके साथ ही रुकी थी, यह जानकर उसका प्रशंसापूर्वक आभार माना। काफी देर होने पर भी राभि घर नहीं जा रही थी, राजन के काफी आग्रह के बाद राभि घर जाने को राज़ी हुई।

राजन की हालत और अधिक बिगड़ती जा रही थी। गेस्ट्रोस्कोपी से निश्चित हो गया कि उसको मेलिग्न-सी इन स्टमक (सारकोमा) है। डॉ. राव भी अब राजन को अधिक कष्ट नहीं हो इसका ध्यान रखते थे, उन्होंने अब कीमियोथेरेपी शुरू की। ग्लूकोज़ की बोतल भी चढ़ाई जा रही थीं। हँसते रहने के लाख प्रयास के बावजूद कभी-कभी उसकी असह्य पीड़ा प्रकट हो जाती थी। दवाओं के रियेक्शन से आँखों के आसपास का भाग भी काफी काला हो गया था। मृत्यु के किनारे पहुँचा राजन अब रोगी जैसा लगने लगा था।

राभि ने पिछले कई दिन पूरी तरह राजन के साथ बिताये थे। राजन और उसकी निकटता काफी बढ़ गई थी। कभी राभि बाहर गई हो तो वह उसके बारे में पूछता था।

राजन को पता नहीं चले इस तरह राभि उसके केस पेपर्स लेकर कई डॉक्टरों से मिल आई थी। किसी तरह राजन बच जाए इसलिए वह दिन-रात भाग-दौड़ कर रही थी। भाग-दौड़ करते हुए भी वह मन से राजन के पास ही रहती थी। राभि यह समझ नहीं पा रही थी कि उसके मन में राजन के लिए इतना प्रेमपूर्ण

भाव कैसे आ गया? बस, उसे एक ही धुन थी, किसी तरह राजन जीवित रहे।

राजन अब भोजन भी कम ले पाता था, उसका शरीर बहुत दुर्बल हो गया था। डॉ. राव ने अब कोबाल्ट रेडियोथेरेपी देना प्रारम्भ किया था। नियमित रेडियेशन लेने के लिए स्ट्रेचर पर ले जाया जाता। राजन का वजन इतना कम हो गया था, कि अकेली राभि भी उसे स्ट्रेचर पर लिटा देती थी।

रेडियेशन लेने के बाद राजन को शारीरिक दर्द में कुछ राहत मिलती थी पर बाद में सारे शरीर में बहुत जलन होती थी। राजन जलन की शिकायत करता कि तुरंत राभि उसके शरीर पर हल्की मालिश कर देती। वह राजन की सेवा तन-मन से कर रही थी, वही इस समय उसके सभी कार्यों का केन्द्र था।

कुछ आराम लगते ही राजन तुरन्त मस्तीभरी बातें करने लगता, पर अब की मस्ती में वह उल्लास नहीं था। कभी राजन ही बोल पड़ता 'राभि! मुझसे पहले मेरी मस्ती ही मर गई।' वह मस्त रहने के स्वर को मरता देखकर उदास हो जाता था।

''राभि! आज कुछ ठीक लग रहा है, यदि तुम्हारे साथ घूमने को मिले तो...।''—राजन ने बालसुलभ ढंग से राभि को साथ ले जाने की विनती की। वह राभि के कन्धे पर हाथ रखकर धीरे-धीरे चलने लगा। सभी रोगियों को राभि का फूल देना बाकी था। राजन के साथ चलते-चलते वह यह काम भी निबटाती गई। राभि का प्रत्येक रोगी के साथ का प्रेमपूर्ण व्यवहार देखकर वह मन में खुश हो रहा था।

बालकों के स्पेशल वार्ड नं. 17 में राभि ने आँख में कैंसर हुए बच्चे को काफी प्यार करते हुए गुलाब दिया। बालक के साथ मस्ती करती हुई राभि भी बच्ची बन गई थी।

कुछ क्षण में राभि फिर उदास हो गई। राजन को आश्चर्य हुआ, राभि ने दूसरा एक गुलाब निकाला और बिस्तर पर रखा। राभि का सिर झुका था। काफी देर तक उसी तरह खड़ी रही। राजन के लिए उसे इस तरह उदास देखने का यह पहला अवसर था। उसने राभि के कन्धे को धीरे से हिलाया, तब उसे राजन की उपस्थिति का भान हुआ।

राभि प्रयासपूर्वक सहज हो गई, वह राजन को सहारा देती हुई चलने लगी, राजन की कुछ समझ में नहीं आया। वह अधिक समय तक मौन को सहन नहीं कर पाया—''राभि, रूम नं. 17 में दो गुलाब और एकदम तुम्हारा उदास हो जाना...., मैं कुछ भी नहीं समझ पा रहा हूँ, यदि तुम्हें परेशानी नहीं हो तो...' राजन ने उसकी वेदना को धीमे से स्पर्श करने का प्रयास किया।

''राजन!...परेशानी...मुझे क्यों होगी, वह भी राजन को बताने में।'' उसने सहजता से बताना प्रारम्भ किया।

''राजन! रूम नं. 17 में लगभग 15 वर्ष का एक सुन्दर किशोर अपनी जीवन लीला समेटने के लिए आया था। वह घर में सबका लाड़ला था। वह बहुत स्नेही, निर्मल किशोर मुझ पर अपना प्रभाव छोड़ गया है। मैंने उसे ज़िन्दा रखने के लिए आकाश-पाताल एक कर दिए, पर...'' —राभि आगे बोलते-बोलते रुक गई, उसकी आँखों से आँसू टपकने लगे।

कुछ सहज होकर राभि फिर से बताने लगी—''राजन! वह ऐसा प्यारा बच्चा था कि किसी को भी अच्छा लगने लगे। शायद इसीलिए भगवान ने भी...।''

''उसने मरते-मरते एक इच्छा व्यक्त की थी। वह कहने लगा कि राभि दीदी मेरी मृत्यु के बाद यहाँ गुलाब तो देने आओगी न?''

''बस उसी की इच्छा के कारण, मैं वहाँ दो गुलाब...'' राभि के मानस पर स्मृतियाँ ताज़ा हो गई थीं।

राजन के हृदय में राभि के वात्सल्य-सिक्त जीवन की अमिट छाप अंकित हो गई थी। उसका हृदय राभि के प्रति आदरभाव से भर गया था।

पिछले दो-तीन दिन से एक-दो खून की उल्टी होने का मानो क्रम ही बन गया था। उस रूम में ही ब्लड-ट्रान्सफ्यूजन सेट लगा कर रोज़ नया खून चढ़ाया जाता था। डॉक्टरों के मना करने पर भी राभि ने चार दिन में दो बार अपना खून दिया था।

राजन अब कुछ भी खा नहीं पाता था। डॉक्टर ने पेट में पंक्चर करके पाइन्ट पद्धति से लिक्विड भोजन देना प्रारम्भ किया था। कभी-कभी तेज़ साँस

चढ़ती। राजन के नाक-और गले को सक्शन मशीन के साथ जोड़ दिया गया था। उसका गला साफ हो जाता। अब वह अधिक समय तक जीवित नहीं रह पाएगा, ऐसा लगने लगा था।

राभि ने रोज की तरह स्पन्जिंग करके राजन को नये कपड़े पहनाये थे। आज टेम्परेचर कुछ कम हुआ हो ऐसा लग रहा था। पलंग पर नई चादर भी बिछाई गई थी। आज राजन को अधिक तकलीफ थी। पर वह बार-बार राभि से बात करने का प्रयास कर रहा था। राभि भी उसकी बातें सुनने पलंग पर ही बैठ गई थी।

धीरे-धीरे, टूटी फूटी आवाज़ में राजन बोला—‘‘राभि! मैं हार गया हूँ।’’

‘‘कैसे?’’—राभि छोटे प्रश्न द्वारा बात को बढ़ाने का प्रयास करने लगी।

‘‘अब तक मैं मरने की बात प्रसन्नता से करता था। मुझे मृत्यु का भय कभी नहीं लगा। पर न जाने क्यों...मुझे अब जीने की इच्छा हो रही है। जीवन-मृत्यु में मैंने कभी भेद नहीं किया, पर अब मुझे जीवन अधिक अच्छा लगने लगा है। राभि! क्या यह राजन की सबसे बड़ी पराजय नहीं है?’’

‘‘राभि! शायद यह हमारी आखिरी बातचीत होगी।’’

राजन की बात सुनकर राभि की भावना आँखों से बहने लगी।

‘‘राभि! रूम नं.-17 में तू दो गुलाब रखती है न?’’

‘‘हाँ।’’

राभि। उस प्यारे किशोर की इच्छा पूरी करने के लिए आज तक तू...तो राभि...राभि...मेरी...एक...इच्छा...इच्छा??

राजन राभि की आँखों में आँखें डालकर बोलता गया।

‘‘हाँ, राजन, मैं कोई भी इच्छा...।’’

‘‘राभि। तू लोगों के लिए जीती है न? इसीलिए तूने विवाह नहीं किया...राभि, मेरी एक इच्छा है...तू विवाह करेगी?...अपने सुख के लिए नहीं... बस, मेरी इच्छा के कारण...तूने उस किशोर की इच्छा तो पूरी की थी न? तो...तू मेरे लिए विवाह नहीं कर सकती?’’

राजन की आँखों में बहुत समय के बाद तेज दिखाई दिया।

राभि को कुछ सूझ नहीं रहा था कि क्या करे...राजन को कैसा लगेगा...राजन क्या कहना चाहता है? राभि की समझ में कुछ नहीं आया। एक साथ कई प्रश्नों ने उसे मूक बना दिया था।

वह यही प्रश्न उत्तर की अपेक्षा से दुहराता जा रहा था।

''पर...इससे क्या होगा?''—राभि के प्रश्न ने राजन के मन में आशंका को जन्म दिया।''

''राभि! मैं तो घंटों का मेहमान हूँ। पर यदि तू विवाह करे, तो तेरे पेट से पुत्र बनकर आने की तीव्र इच्छा है...बहुत इच्छा है...क्या यह मेरी इच्छा तू पूरी नहीं करेगी? राभि! बोल...मुझे पुत्र के रूप में जन्म नहीं देगी? क्या इसलिए तू विवाह नहीं करेगी?...प्लीज़ राभि...प्लीज़...मेरी इच्छा...''

राजन का पूरा शरीर हिल रहा था। साँसों की गति बढ़ गई थी। राजन ने ज़ोर से राभि का हाथ पकड़ लिया था। उसकी आँखें राभि की आँखों में झाँक रही थीं। उसका सारा शरीर पसीने से लथपथ हो चुका था। वह एक शब्द भी नहीं बोल पा रहा था। उसकी आँखों में उत्तर की प्रतीक्षा के अलावा कुछ नहीं था।

राजन की इच्छा ने राभि के नारी हृदय में बैठे मातृत्व का स्पर्श किया था। राभि का हाथ धीमे से राजन के हाथ पर फिर रहा था। वह अधिक समय तक राजन की ओर नहीं देख पाई। ''राजन...मैं...मैं...तेरी इच्छा पूरी करूँगी...'' राभि के अन्तिम शब्दों के साथ वात्सल्य धारा आँखों से बह पड़ी।

राभि का उत्तर सुनते ही राजन का शरीर ठंडा पड़ने लगा। वह कुछ बोलना चाहता था, पर बोल नहीं पा रहा था। आँखें फैलती जा रही थीं। राभि के हाथ पर उसकी पकड़ शिथिल होने लगी।

राजन ने इशारे से उल्टी के लिए कहा। राभि किडनी-ट्रे लाए उससे पहले ही उसे खून की उल्टी हुई। पहले कभी इतना खून नहीं निकला था। राभि द्वारा दिया गुलाब खून के बीच डूब गया। राजन बेहोश हो गया था। डॉक्टर ने कोरामिन एड्रिनसिन के इन्जेक्शन दिए। कृत्रिम आक्सीजन दी गई, सक्शन मशीन चलाई गई। डॉक्टरों ने कार्डियाक मसाज भी करके देख लिया। काफी प्रयासों के बाद

भी वह होश में नहीं आ सका।

आखिरी बार राजन ने आँखें खोलीं...राभि की ओर नज़र दौड़ाई और सिर ढल गया। मुश्किल से हँसना सीखी रूम नम्बर नौ की दीवारें फूट-फूट कर रो पड़ीं।

राभि अपने रोज़ के रूटीन के अनुसार अस्पताल आई। रूम नम्बर नौ के आगे उसके पैर रुक गए। गुलाब का बास्केट हाथ से गिर पड़ा। एक विचार तीव्र गति से उठ खड़ा हुआ—'यहाँ एक जीवन अस्त हुआ, दूसरे जीवन के उदय की आशा देकर...''

राभि आगे नहीं बढ़ पाई। व्यथित हृदय से वह वापस मुड़ी, उतने में वहाँ रश्मि आकर खड़ी हो गई।

''राभि...आज से यह कार्य मेरा है...'' यह कहते हुए नीचे बिखरे हुए गुलाबों को बास्केट में भर लिया।

●

मातृशक्ति का महिम्न स्तोत्र

–प्रो. बलवंत जानी*

शब्द की साधना और आराधना के फलस्वरूप नरेन्द्र मोदी से विचार प्रधान गद्य और भावप्रधान पद्य मिला है। परन्तु बहुत कम लोगों को पता है कि राष्ट्रीय जीवन मूल्यों के जतन की इच्छा और सामाजिक समस्याओं के अनुभव ने नरेन्द्र भाई से कुछ कहानियाँ लिखवाई थीं जो प्रकाशित भी हुई थीं अब वही पुस्तक रूप में उपलब्ध हो रही हैं। इसमें श्री गुणवंत भाई का साहित्यिक प्रेम, गोपालभाई माकड़िया की प्रकाशकीय भावना और हमारे जैसे मित्रों के आस्वादमूलक योग से इसे विशिष्ट स्थान मिलेगा।

कहानीकार नरेन्द्र मोदी की इस कहानी का शीर्षक पढ़ते ही विश्वप्रसिद्ध कहानीकार चेखव की लम्बी कहानी वार्ड न.-6 का स्मरण हो आया, परन्तु उस कहानी में पागलों का इलाज करते डॉक्टर की मनोदशा वैसी ही हो जाती है इसका चित्रण है, जबकि यह दीर्घ कथा मनोवैज्ञानिक ढंग से भारतीय जीवनमूल्यों को उद्घाटित करती मातृशक्ति की महिमा को उभारती है।

कहानी के नायक का नाम है राजन, जो खुशमिजाज, विनोद वृत्ति वाला कैंसर रोगी है। कैंसर अस्पताल में भर्ती होने के लिए स्वयं कार चलाकर जाता है। उसे रूम नम्बर नौ मिलता है। पर वह अपने रूम में ही नहीं, अस्पताल के सभी रोगियों और स्टाफ को भी खुश रखता है। उसका जीवन सूत्र है कि जीवन उसके लिए मृत्यु है, जो जीवन से डरता है। मृत्यु को भी ऐसे जीवन का साहचर्य अच्छा लगता है।

आराम करने के लिए कड़ी हिदायत होने पर भी वह रूम से बाहर निकल कर सबके हाल-चाल पूछता है। वह डॉ. राव से कहता है कि यहाँ मरने का भी मज़ा आएगा।

प्रत्येक रोगी को गुलाब भेंट करने वाली राभि से भी कहता है—''यहाँ के रोगियों के जीवन का भी यही सत्य है।...मैं जानता हूँ कि उस गुलाब की तरह मैं भी कल

---

* गुजराती समीक्षक एवं पूर्व कुलपति, अध्यक्ष, गुजराती भाषा-साहित्य भवन
  सौराष्ट्र यूनीवर्सिटी, राजकोट

मुरझाने वाला हूँ...इसलिए मुरझाने से पहले मैं अपनी मृदुता, सहृदयता अपने साथ के सभी रोगियों को देकर उसमें सराबोर कर देना चाहता हूँ।''

राजन स्ट्रेचर पर नहीं, स्वयं चलकर ऑपरेशन थिएटर जाता है। वह अपना अन्तिम समय जान गया है, फिर भी हिम्मत नहीं हारता। हाँ, आत्मीयता के कारण राभि से अवश्य कहता है, 'राभि, मैं हार गया हूँ...जीवन-मृत्यु में मैंने कभी भेद नहीं किया पर अब...जीवन अधिक अच्छा लगने लगा है।''

जब कहानी का नायक राजन राभि से विवाह कर लेने के लिए वचन देने के लिए कहता है और उसकी कोख से जन्म लेने की इच्छा जताता है तो पाठक अन्दर तक हिल जाता है।

पर राजन के जीवन का आधार तो है—'प्रेमतीर्थ' समान मातृशक्ति के उत्तम उदाहरण स्वरूप तीन स्त्रियाँ—

प्रेममूर्ति मम्मी

वैसे तो इस संग्रह की सभी कहानियाँ माँ और वात्सल्य का निरूपण करने वाली हैं। स्त्री का सर्वोच्च स्वरूप है—माँ। श्री नरेन्द्र मोदी ने इस कहानी में कुछ ही शब्दों में राजन की मम्मी का चित्र प्रस्तुत किया है। राजन रश्मि की सेवा और समर्पण को इस तरह व्यक्त करता है—''यदि मुझे श्रम, समर्पण और श्रद्धा का संयुक्त चित्र बनाना हो तो मैं केवल, केवल रश्मि का ही चित्र बनाऊँ।''

राभि के पूछने पर कि वह चित्रकार है, राजन उत्तर देता है—''चित्रकार तो नहीं हूँ, पर आज तक मैंने एक ही चित्र बनाया है मम्मी का—मम्मी के स्वर्गवास के बाद... वह प्रेम मूर्ति थी। मेरे जीवन की यह कमी...यह सब स्मृति में आने के बावजूद आज उसका न होने का प्रभु का निर्णय मुझे अधिक ठीक लगता है।''

बस इतना ही संकेत है। पर हमें ऐसी तीव्र अनुभूति होती है मानो श्री नरेन्द्र भाई ने संसार भर की माताओं को मानो इस निमित्त से श्रद्धांजलि अर्पित की है।

प्रेममूर्ति बहिन रश्मि

कैंसर अस्पताल आने पर राजन कार रोकता है और कहता है कि मंज़िल आ गई, उस समय रश्मि अपने भाई का यह कथन नहीं सहन कर पाती और कहती है—''भाई मंज़िल नहीं, मुकाम।'' और फिर भावुक होकर रो पड़ती है।

इस बहिन ने अपने प्यारे भाई की बीमारी में प्रारंभ से ही देखभाल की है और

अभी भी उसी समर्पित भावना से करती है। राजन अपनी बहिन रश्मि का परिचय राभि को इन शब्दों में देता है—

''जिसने मुझे बिल्कुल तकलीफ नहीं होने दी, ऐसी मेरी प्यारी छोटी बहिन रश्मि...'' राभि प्रतिक्रिया देती है—ऐसी बहिन का भाई होना कितने सौभाग्य की बात है।''

बड़े भाई को मम्मी की कमी लेशमात्र भी नहीं लगने देना और बहिन और माँ की दुहरी भूमिका अदा करने वाली रश्मि की श्रद्धा-समर्पित भावना को कहानीकार ने कलात्मक ढंग से अभिव्यक्त किया है। यह त्यागमूर्ति-प्रेममूर्ति बहिन अपने भाई के निधन के बाद भी अपना सेवा कार्य करती रहती है। जिस भाई को बीमारी से स्वस्थ करने के लिए वह अपनी शक्ति लगा देती है, उसकी मृत्यु पर अपना दायित्व निभाती है—राजन की बहिन रश्मि ही रोगियों को गुलाब देने का कार्य सँभाल लेती है।

प्रेममूर्ति समाजसेवी राभि

कहानीकार की लेखनी से अद्भुत रसायन से अवतरित हुई यह कहानी अधिक हृदयस्पर्शी है। भाव-अभिव्यक्ति में भी यह शिखर समान है। जिसने विशेष साधना की हो, वही इस श्रेणी की कहानी लिख सकता है, यह निर्विवाद है। जिन रोगियों के साथ राभि का कोई नाता या सगा सम्बन्ध नहीं है, मृत्यु के करीब पहुँचे रोगियों के जीवन में गुलाब की सुगंध फैलाना और शेष दिनों को भावना की गर्माहट से भर देना, यह वंदनीय घटना मानी जाएगी।

राजन को कैंसर अस्पताल में भर्ती करवाया। उसके बाद हाथों में गुलाब लेकर दरवाजे पर मीठी आवाज में कहती है—''मे...आई कम इन?''

राभि के प्रसन्न रहनेवाले राजन से प्रथम परिचय में ही, आत्मीय सम्बन्ध हो जाते हैं। उसका नित्य कर्म है—कैंसर अस्पताल के प्रत्येक रोगी को गुलाब भेंट करके उनके हताश जीवन को उल्लास से भर देना। ऐसे तो राजन का भी ऐसा ही स्वभाव था। वह जानता था कि मृत्यु समीप है फिर भी सभी को सहृदयता से सराबोर कर देने का प्रयास करता था। राभि को समाज सेवा की ऐसी धुन सवार थी कि समाज सेवा में ही उसके जीवन का आनंद समाया हुआ था।

राजन को ऑपरेशन थिएटर में ले जाया जाता है तब वह बहुत बेचैन हो जाती है और वह और रश्मि सतत बेहोश राजन के पास बैठी रहती हैं। अब तो ऐसा लगता है कि राजन मृत्यु के पास खड़ा है। वह राभि से घोर हताशा व्यक्त करता है—''राभि...मुझसे पहले ही मेरी मस्ती मर गई।''

फिर भी, राभि के सहारे वह बालकों के वार्ड नं.-17 में पहुँचता है। वहाँ बच्चों को गुलाब भेंट करती राभि अचानक उदास हो जाती है क्योंकि उस रूम में एक पन्द्रह वर्ष के बालक ने राभि से एक इच्छा के बारे में कहा था—''राभि दीदी : मेरी मृत्यु के बाद यहाँ गुलाब तो देने आओगी न?'' राभि उस पलंग पर दो गुलाब रखती है।

राजन के अन्तिम समय और संवादों के द्वारा अभिव्यक्त हुई भावना—प्रेम की पराकाष्ठा—''राभि...तू वात्सल्यमूर्ति है...क्या मेरी यह इच्छा पूरी नहीं करेगी?...यदि तू विवाह करे तो तेरे पेट से पुत्र बनकर आने की तीव्र इच्छा है।...बोल...मुझे पुत्र के रूप में जन्म नहीं देगी?''

''राजन...मैं...मैं...तेरी इच्छा पूरी करूँगी।''

कथा के इस बिन्दु पर राभि हिमालय से अधिक ऊँचाई पर पहुँच जाती है। यह कहानी के शिल्प के साथ पूरी तरह संबद्ध है। फिर तो राजन का शरीर ठंडा पड़ने लगा। खून की उल्टी हुई और राभि का दिया गुलाब का फूल उसमें डूब गया। रूम नम्बर नौ की दीवारें फूट-फूटकर रो पड़ीं।

कहानीकार नरेन्द्र मोदी की लेखनी से मार्मिक वाक्य स्फुटित होता है—''यहाँ एक जीवन अस्त हुआ, दूसरे जीवन के उदय की आशा देकर।''

मैंने 'प्रेमतीर्थ' की सभी कहानियाँ नहीं पढ़ी हैं। पर वर्षों पहले 'आराम' या 'चाँदनी' जैसी पत्रिकाओं में प्रकाशित ये कहानियाँ आज भी राभि के गुलाब की तरह तरोताज़ा हैं। यह संग्रह जब प्रकाशित होगा तब लोग जानेंगे कि आदरणीय मुख्यमन्त्री श्री नरेन्द्र भाई मोदी एक सशक्त और समर्थ कहानीकार भी हैं। इनकी भाषा सरल, एवं मार्मिक है। कथा प्रवाह की गति कहीं मंद नहीं पड़ती। उपदेश का नामोनिशान नहीं है। चाहे कहानी के कथानक माता या स्त्री के समर्पण की भावना से सरोबार हों फिर भी पात्र वैविध्य और भाव-निरूपण में भी विविधता मिलती है। वास्तव में इसमें जो मूल्य बोध है, वह भारतीय संस्कृति में मातृशक्ति की पराकाष्ठा है, उसका संकेत है। इसलिए इस कहानी को मातृशक्ति का महिम्न स्तोत्र कहने की इच्छा होती है।

दीपक

दीपक

सबने मिलकर राधा की काँच की चूड़ियाँ फोड़ दीं। पहनाये गए नये काले कपड़े राधा के शरीर पर लटका दिए। ऐसा लग रहा था कि वह खड़ी होकर चलने लगी कि चक्कर खाकर गिरते-गिरते बची।

राधा के जीवन में भी उसके पहने काले कपड़ों की तरह अंधकार छा गया था। अभी तो जीवन शुरू ही हुआ था। और...

उसके कानजी ने अपनी जीवन लीला समेट ली।

लम्बी बीमारी ने कानजी को मृत्यु की शरण स्वीकारने के लिए मजबूर किया था परन्तु...

राधा के लिए यह अकेली कानजी की मृत्यु नहीं थी। उसका तो जीवन दीप ही बुझ गया था।

मृत्यु से लड़ने में कानजी के लिए राधा के सिवाय कोई दूसरा ऊष्मा-सांत्वना देने वाला नहीं था।

कानजी कुछ नहीं कमाता था, इसलिए वह सबके लिए फालतू था।

राधा जानती थी कि घरवालों के लिए मौत का दूसरा नाम ही था कानजी। इसलिए मौत की जितनी देखभाल की जाती है उतनी ही देखभाल कानजी की की जाती थी। उससे अधिक नहीं।

राधा के लिए यह सब देखते रहने के सिवा और कोई चारा नहीं था। धीरे-धीरे

चलते हुए कानजी की लाश के पास पहुँचते-पहुँचते उसके मन में अनेक विचार आए।

राधा का हृदय बार-बार चिल्ला रहा था—''कानजी मर गया, पर उसे मरना नहीं था...उसे मरना पड़ा है...जीने की इच्छा होते हुए भी उसे मरना पड़ा...''

राधा की आँखें कानजी के शरीर की ओर गईं।

अभी भी उसका चेहरा हमेशा की तरह जीने के लिए आरज़ू कर रहा था, ऐसा राधा को लगा। घरवाले तो उसकी अन्तिम यात्रा की तैयारी में लगे हुए थे।

कानजी की माँ ने उसके पैरों के पास दीया जलाकर रख दिया था। रीति-रिवाज के अनुसार जब तक कानजी का अन्तिम संस्कार पूरा नहीं हो तब तक उसे जलाये रखना था।

राधा का मन आक्रान्त हो उठा—'कोई कानजी की दवा के लिए एक चम्मच घी भी नहीं देता था, आज दीया भरकर घी जलाने के लिए रख दिया है।'

राधा का मन कानजी की मृत्यु सम्बन्धी घटनाओं के बीच ही उलझा हुआ था। उसका मन रो पड़ने को हो रहा था लेकिन उसे रोना नहीं आ रहा था, पर जैसे ही कानजी को श्मशान ले जाने के लिए उठाने लगे कि वह फूट-फूटकर रो पड़ी। उसका रोना निरन्तर चालू ही रहा और वह खड़े-खड़े चक्कर खाकर गिर पड़ी।

ऐसा होने के कारण कानजी की माँ का जलाकर रखा दीया लुढ़क गया और घी फैलने से दीया बुझ गया।

यह देखकर कानजी की माँ ज़ोर-ज़ोर से रोते हुए बोली—रांड/चुड़ैल, मर जाए तू, तेरा सत्यानाश हो! रांड, किसी का भला नहीं चाहती, दीया बुझा दिया।

कानजी की माँ ने राधा को कोसने में कोई कसर नहीं छोड़ी थी। पर उसे यह सब सुनने का होश ही नहीं था।

●

भारतीय नारी एवं लोकमानस का संकेत देती कहानी

—डॉ. विपिन आशर*

एक विवेचक के रूप में मुझे दो प्रकार की रचनाओं से चुनौती मिलती रही है। पहली, अति संश्लिष्ट और दुर्बोध रचनाएँ और दूसरी, अति सरल लगती रचनाएँ। इन दोनों प्रकार की रचनाओं से जूझना अलग प्रकार से होता है। दुर्बोध रचनाओं के सन्दर्भ में विवेचक का दायित्व स्पष्ट होता है—रचना की संश्लिष्टता-दुर्बोधता को दूर करके उसमें छिपे मूल्यवान तत्त्वों के प्रति संकेत करना, इस प्रकार रचना को संप्रेषित करना। परन्तु जिस रचना में रसात्मक कोटि तक पहुँचने की क्षमता नहीं वैसी सीधी-सादी रचना का किस प्रकार मूल्यांकन हो? मेरा दृष्टिकोण रहा है कि जब उत्तम रचना नहीं मिले तो उस रचना में क्या उत्तम है, इसे उभारकर बताना। यह दृष्टिकोण मैंने इसलिए अपनाया है कि सभी सर्जकों के सृजन का प्रयोजन उत्तम साहित्यिक कृति की रचना करके साहित्य जगत में स्थान प्राप्त करना नहीं होता। कई साहित्यकारों के लिए साहित्य केवल अपनी संवेदना को व्यक्त करने का माध्यम रहा है। इस प्रकार के सर्जकों के नामों के बीच, आखिर में, आश्चर्य में डाल दे ऐसा एक नाम दे रहा हूँ—नरेन्द्र मोदी। हाँ, अपने निर्मल गुजरात, गौरवशाली गुजरात के मुख्यमन्त्री-नरेन्द्र मोदी।

नरेन्द्र मोदी ने तीन दशक पहले कुछ कहानियाँ लिखी थीं, उनमें से एक—'दीपक' कहानी मूल्यांकन के लिए मेरे सामने है। सिर्फ तीन मिनट में पढ़ी जा सके अतः इसे लघु 'कहानी' कहा जाए या नहीं, इस चर्चा में नहीं पड़ना चाहिए। यह रचना विवेचनक्षम नहीं, संवेदनक्षम है। लेखक की संवेदना, विचार मंथन, भारतीय समाज या लोकमानस के सूक्ष्मनिरीक्षणों को प्रस्तुत करती यह लघु कहानी पाठक के चित्त में संवेदना-विचारों की चिनगारी छोड़ जाती है। कहानी को 'क्षण का विस्फोट' या 'अनुभूति का कण' कहकर पहचाना गया है, यहाँ इस बात का स्मरण हो रहा है।

'दीपक' कहानी में अनुभूति और विचार के कण बिखरे पड़े हैं। 'पति की हो

* गुजराती समीक्षक एवं प्रोफेसर, गुजराती भाषा साहित्य भवन
सौराष्ट्र यूनीवर्सिटी, राजकोट-5

89

रही मृत्यु' यह इसकी कथावस्तु है। मृत्यु सनातन और सामान्य घटना होने पर अलग-अलग व्यक्ति को अलग-अलग ढंग से स्पर्श करती है। कानजी की मृत्यु से राधा और कानजी की जोड़ी टूट जाती है। इस घटना ने राधा के अन्दर-बाहर के जीवन में कैसी खलबलाहट मचा दी है, अपरिपक्व लेखन से भी पाठक के हृदय में उत्कट भाव जगा दे, इस तरह से एक सूक्ष्म चित्र उभारा गया है। कहानी का प्रारम्भ ऐसे कथन से होता है जो भारतीय रीति-रिवाज और राधा की करुण दशा को व्यंजित करता है—

"सबने मिलकर राधा की काँच की चूड़ियाँ तोड़ दीं। ऐसा लग रहा था कि पहनाये गये काले कपड़े राधा के शरीर पर लटका दिए हों।"

पति की मृत्यु भारतीय नारी के जीवन की करुणतम घटना होती है। यह उसके अन्दर-बाहर के जीवन में आमूल परिवर्तन ला देती है। पति की मृत्यु से पत्नी का जीवन भी समाप्त हो जाता है, यह मानने वाला समाज उससे जीवन जीने के सभी अधिकार छीन लेता है और उसके आनन्द पर पूर्ण विराम लगा देता है। 'काँच की चूड़ियों' का मूल्य भारतीय नारी ही जानती है। काँच की चूड़ियाँ वैसे तो कई बार टूट जाती हैं परन्तु तोड़ी तो एक बार ही जाती हैं। चूड़ियाँ टूटती हैं तो उसके साथ कितना कुछ टूट-फूट जाता है, यह भारतीय नारी ही जानती है। इसी तरह नए कपड़े उसके जीवन के उल्लास और आनन्द के द्योतक होते हैं परन्तु नये काले कपड़े उसके जीवन में आए अमंगल के सूचक होते हैं। एकदम नये कपड़ों को पहनकर शोभित-प्रफुल्लित नारी को जब नये काले-कपड़े पहनाए जाते हैं, तब इन वस्त्रों से उसका शरीर शोभित नहीं होता, बल्कि यह वस्त्र उसके जीवन की करुणतम दशा के प्रतीक बनकर उसके शरीर पर लटके होते हैं। ऐसे समय उसकी कैसी स्थिति होती है? जो नारी नये कपड़े पहनकर रुनझुन करती हुई इधर-उधर दौड़ती-फिरती है वही जब काले कपड़े पहनती है तो एक कदम भी चल नहीं पाती। चलते ही वह चक्कर खाकर गिर पड़ती है। लेखक ने भारतीय नारी की इस विशिष्ट स्थिति को कहने के स्थान पर सांकेतिक रूप से सूचित किया है, वह इस कहानी का कलात्मक और मूल्यवान अंश है। ढाई पंक्ति में सूचित इस भाव स्थिति का लेखक के साथ पाठक भी अनुमान कर लेता है कि राधा के जीवन में अमंगल की आँधी आ गई है। यहाँ लेखक और पाठक के बीच इतना अन्तर है कि लेखक ने आलंकारिक भाषा में इस स्थिति को चित्रित किया है—"राधा के जीवन में उसके पहने काले कपड़ों की तरह अंधकार छा गया था।"

दीपक जलता रहे तब एक प्रकाश फैलता है, पर वह बुझ जाए तो अंधकार

फैल जाता है। भारतीय समाज में नारी के लिए उसका पति 'दीपक' है। पति का अस्तित्व पत्नी के जीवन को प्रकाशित करता है। इस अस्तित्व के विलीन होने पर पत्नी के जीवन में कैसा अंधकार फैल जाता है इसकी प्रतीति विश्व की अन्य नारियों को नहीं, भारतीय नारी को ही होती है। लेखक ने चार पंक्ति में ही भारतीय समाज के स्वरूप और प्रकृति को व्यक्त कर दिया है।

प्राकृतिक आपदाग्रस्त क्षेत्र का हवाई निरीक्षण करते हों उस तरह लेखक ने यहाँ संक्षेप में समाज का निरीक्षण प्रस्तुत करके कथा तत्व को उजागर करने के लिए राधा और कानजी के दाम्पत्य जीवन और कुटुम्ब सन्दर्भ को जोड़ा है। 'अभी तो जीवन शुरू ही हुआ था' जैसा वाक्य राधा-कानजी के दाम्पत्य जीवन की शुरुआत सूचित करता है। दाम्पत्य जीवन के चारेक दशक जीने के बाद पति की मृत्यु हो तो वह इतनी पीड़ादायक नहीं होती। परन्तु यहाँ भरी जवानी में राधा विधवा हो जाती है, यह वैधव्य भारतीय नारी के लिए भयंकर होता है। राधा ने इस भयंकर स्थिति का दर्शन किया है। पति कानजी की मृत्यु उसकी लम्बी बीमारी के कारण हुई। राधा ने जीवन संगिनी के रूप में बीमार पति की सेवा की, पति को मृत्यु के साथ संघर्ष करने की शक्ति भी दी थी, पर परिवार जनों के लिए कानजी बेकार था, क्योंकि वह कुछ नहीं कमाता था। जो कमाता है उसका परिवार में आदर-सम्मान होता है। लेखक इस स्वार्थी दुनिया के स्वार्थी सम्बन्धों को कानजी के पारिवारिक सन्दर्भ द्वारा उघाड़ता है। पति कमाता नहीं हो तो उसकी पत्नी की दशा तो उससे भी बदतर होती है। एक तो पति कमाता नहीं, ऊपर से बीमार है। इस दुहरे अभिशाप की भाजन बनी राधा पत्नी धर्म निभाती है और परिवारवाले मानो कोई विशिष्ट धर्म निभाते हों, इस तरह राधा को ताना मारते हैं पति की बीमारी और परिवार जनों की उपेक्षावृत्ति के बीच।

इस लघु कहानी का एक मूल्यवान अंश है भारतीय लोकमानस की प्रकृति और प्रवृत्ति का संक्षेप निर्देश। भारतीय लोकमानस का निर्माण ही इस तरह से होता रहा है कि वह धार्मिकता के नाम पर कुछ भी करने को तैयार है। जीवित कानजी का लेशमात्र भी ध्यान न रखने वाले परिवारजन उसकी मृत्यु के बाद मृतदेह की भारतीय रिवाज के अनुसार अन्तिम क्रिया की तैयारी में व्यस्त हैं। उसकी लाश के पास जलता दीया रखा जाता है। इस जलते दीये में घी डालते देखकर राधा का मन व्यथित होकर बोल उठता है—''कोई कानजी की दवा के लिए एक चम्मच घी भी नहीं देता था, आज दीया भरकर जलाने के लिए रख दिया है।'' हिन्दी के मूर्धन्य साहित्यकार प्रेमचन्द का

किसान होरी सोचता है कि उसके घर गाय बँधी होती तो कितना अच्छा होता। वह कठिन मेहनत करता है पर गाय नहीं खरीद पाता। पर होरी की मृत्यु के लिए गोदान करना पड़ेगा। पत्नी परिश्रम से एकत्र किए पैसे देकर गोदान करवाती है। यहाँ राधा 'दीये' में डाले गए घी के सन्दर्भ में परिवार जनों के दम्भ को देखती है। लेखक ने यहाँ संकेत किया है कि भारतीय समाज में मनुष्य से अधिक सामाजिक रीति-रिवाज का महत्त्व है।

कहानी के अन्त के बारे में काफी बहसें हुई हैं। यहाँ कहानी के अनुरूप अन्त है। परिवारवालों की निष्ठुर और परिवार में स्त्री की दशा को मूर्त करनेवाला अन्त इस कहानी का महत्त्वपूर्ण अंश है। परिवारवाले कानजी को अन्तिम विदा देने को तैयार हैं। श्मशान यात्रा की तैयारी हो चुकी है। श्मशान ले जाते समय अब तक मन को कठोर करके बैठी पर अन्दर से टूट गई राधा चीत्कार करके रो पड़ती है और रोते हुए चक्कर खाकर गिर पड़ती है। उसके गिरने से जलता हुआ अखंड दीया बुझ जाता है। दीये के बुझने पर कानजी की माँ रोते हुए आक्रोश प्रकट करती है। ऐसी करुण स्थिति में राधा पर उसका गुस्सा फूट पड़ता है—''रांड! चुड़ैल, तू मर जाए, तेरा सत्यानाश हो! रांड, किसी का भला नहीं चाहती। दीया बुझा दिया।''

पुत्र की मृत्यु की मर्यादा भी जो नहीं मानती, वह भी भारतीय नारी है, पर उसकी भूमिका सास की है। सास बहू को क्या-क्या, कैसे-कैसे ताने दे सकती है, यह भारतीय बहू ही जानती है। यहाँ लेखक ने भारतीय लोकमानस और भारतीय नारी की स्थिति को स्पष्ट कर दिया है। सास ने जिस तरह की गालियों का प्रयोग राधा के लिए किया उन्हें सुनने के लिए उसे होश नहीं था, पर ऐसी भाषा लाखों नारियाँ बोलती आ रही हैं और उतनी ही सुनती आ रही हैं। इक्कीसवीं सदी में भी कुछ बदलाव आया हो, यह लगता नहीं है।

कहानी का शीर्षक 'दीपक' दो सन्दर्भों में सार्थक है—एक राधा के पति कानजी का आत्मदीप बुझ गया है और राधा के जीवन में अंधकार छा गया है। दूसरे, कानजी की माता का कुल दीपक बुझ जाता है तब उसके हृदय में संचित धार्मिक भावना को आघात लगता है। इसके कारण उसका आक्रोश प्रकट होता है। यहाँ 'दीपक' जीवन और मंगल भावना का प्रतीक है। यह दीपक बुझता है तब जीवन और मंगलेच्छा पर भी अंधकार छा जाता है।

पश्चिमी संस्कृति के आक्रमण से हमारा भारतीय समाज भौतिकता की ओर बढ़

रहा है, ऐसे समय हम अपनी संस्कृति के सही रूप को ठीक तरह से समझें, अपने समाज में घर कर गई रूढ़ियों और लोकमानस में जड़ जमाई अंधश्रद्धा को जानें और अपनी विचारशक्ति, विवेक और भाव-संवेदना को टिकायें रखें, तभी 'दीपक' और इस जैसी रचनाओं का सृजन सार्थक होगा और सर्जक का परिश्रम समाज के लिए उपयोगी होगा।

सृष्टि में हर जगह माँ का ही स्वरूप दिखता है।
सूर्य धरती की माँ स्वरूप है। सूर्य धरती को ऊर्जा
और रोशनी से भरता है और तब तक उससे विदा
नहीं लेता जब तक सागर का संगीत, नदियों का
नाद और पंछियों का कलरव उसे रात्रि की निद्रा
में सुला नहीं देता। यही धरती वृक्षों और फूलों के
लिए माँ है। वे उसी से उपजते हैं, उसी पर बढ़ते
हैं और उन्हीं के फल और फूलों में से नये बीज
उत्पन्न होते हैं। माँ, जो समस्त सृष्टि का मूल स्वरूप
है, प्रेम और सौंदर्य से भरी आत्मा है।

—खलील जिब्रान

सेतु

सेतु

मुसलाधार बरसात की बौछारों की आवाज़ झींगुरों और मेंढकों की आवाज़ों को रोक रही थी। सुरभि भाभी नींद की प्रतीक्षा करते-करते थक गई थीं। मन भी सुन्न हो गया था। वे किसकी प्रतीक्षा में जग रही हैं, यह भी समझ नहीं पा रही थीं।

वे बारबार बिस्तर से उठकर सेतु को एकटक देख जाती थीं। कभी स्नेह से उसके सिर पर हाथ फेरतीं, तो कभी उसके मुँह को चुम्बन से भर देती थीं।

पूरी रात इस तरह बीत गई थी, परन्तु...नींद नहीं आई तो नहीं ही आई। सुरभि भाभी के लिए लम्बे समय तक बिस्तर में पड़े रहना कठिन था। मन कहीं अन्य लग जाए इसके लिए उन्होंने स्नान आदि निबटाया। कितने बजे हैं, इसका भी अन्दाज़ा नहीं था। वैसे भी जब जीवन का चक्र थम गया हो तो घड़ी के काँटे चलें या न चलें, इससे क्या फर्क पड़ता है।

जीवन के अंधकार में मंथन करते हृदय को रात का अंधकार और बेचैन कर रहा था। प्रत्येक क्षण उनके लिए असह्य बनता जा रहा था। सेतु की चुलबुली बातें सहायता करेंगी, इसलिए उसे जल्दी उठा दिया था। सूर्य की पहली किरण इस पृथ्वी का अभिषेक करे उससे पहले सेतु को नहला भी दिया।

यह...सब...इ...तनी जल्दी...क्यों?''—सेतु के मन में प्रश्न उठा था, परन्तु

मम्मी मौन-साधना में लीन है, ऐसा देखकर वह बोलने की हिम्मत नहीं कर रहा था।

हर ओर मौन का साम्राज्य था। इस मौन में पहली बरसात की जो सुगंध होती है, वैसी नहीं थी। शान्त सरोवर में सूर्य के प्रतिबिम्ब से वातावरण में जो शान्ति और प्रफुल्लता उभरती है, वैसी भी नहीं थी।

यहाँ तो थी—

गम्भीरता...वेदना...शुष्कता...आह...आँसू...मौन था पर शान्ति नहीं थी।

मौन इसलिए था क्योंकि शब्द नहीं थे। शब्दों का अभाव...क्योंकि हृदय के द्वन्द्व को अभिव्यक्त कर सके वह चेतना ही चुक गई थी। वेदना को शब्दों द्वारा प्रकट करना असह्य बन जाए तो मौन छा जाता है। वेदना आँसुओं का सागर बनकर छलक जाती है, सुरभि भाभी के साथ ऐसा ही हुआ था। वे आँसू नहीं रोक पाईं। दूर लगे शीशे की ओर मुँह करके बाल काढ़ते हुए सेतु के पास जाकर उसे छाती से चिपटा लिया। उनके आँसू सेतु के गाल पर टपक गए। सेतु के मुख की लाली पर टपके अश्रुबिन्दु से वह मुखमंडल ओस बिन्दुओं से भीगे गुलाब-सा निखर गया।

''मम्मी! आज ऐसा क्यों कर रही है?''—यह प्रश्न उसके मन में उठा, तब से उसे परेशान कर रहा था, पर कुछ भी पूछ नहीं पा रहा था। रोने की इच्छा होने पर भी, रो नहीं पा रहा था। उसका मन चाहता था कि उसे मम्मी की तरह रोना आ जाए। पर वह हक्का-बक्का हो गया था।

दूधवाले की आवाज़ सुनकर सुरभि भाभी आँखें पोंछकर दूध लेने के लिए बाहर आई। बाहर आकर देखा कि दूधवाला तो अभी मुहल्ले के नाके पर था। अपने व्यवहार में स्वाभाविकता और सहजता नहीं है यह अनुभव करने पर भी वे उसमें बदलाव नहीं कर सकती थीं

दरवाज़े पर दूधवाले की राह देखते खड़े-खड़े वे जीवन के वीरान रेगिस्तान में विचारों के जहाज चला रही थीं।

क्यों...आज...इतने सबेरे-सबेरे...? क्यों...कितना? पहले प्रश्न के उत्तर की राह देखे बिना सेल्समेन की अदा से दूधवाला अपने मूल प्रश्न पर आ गया।

दूधवाले के प्रश्न से ही सुरभि भाभी अपनी विचार-तंद्रा से बाहर आ सकीं।

वैसे तो सेतु को इस सबकी आदत थी, पर मम्मी आज इतनी बेचैन क्यों है, यह प्रश्न उसे परेशान कर रहा था। सेतु भी मम्मी के पीछे-पीछे रसोईघर में गया।

सेतु के सफेद कुर्ते-पाजामे में कहीं दाग न लग जाएँ, इसलिए उसे मम्मी ने बाहर बैठने के लिए कहा। पर ऐसे बाहर चला जाए तो वह सेतु कैसा? वह मम्मी के सामने ही बैठ गया। स्टोव जलाने में व्यस्त सुरभि भाभी की नज़रें फिर से सेतु की ओर गईं। उनका काम रुक गया और अनायास उनका हाथ सेतु के सिर पर फिरने लगा। अब सेतु ही उनकी सारी प्रवृत्तियों का केन्द्र था। अब सुरभि भाभी के अपने कोई सपने नहीं थे। सोहन के सपनों को साकार करने का उन्हें भूत सवार था। आज वह भावना और तीव्र हो गई थी।

स्टोव पर उबल रहा दूध जिस तरह उबलकर बर्तन के ऊपर आ जाता है उसी प्रकार सुरभि भाभी के हृदय की गहराइयों से उठकर आ रहे विचार और भावनाएँ सेतु के जीवन तक विस्तृत हो रहे थे। सुरभि भाभी भावनाओं के ऐसे जाल में फँसी हुई थीं जिसे पिछले एक साल में उन्होंने कभी अनुभव नहीं किया था। उनका हृदय इच्छा या अनिच्छा से अतीत को नोंच रहा था।

पल में सेतु तो पल में सोहन की स्मृति। स्मृति में फँसी सुरभि भाभी को सोहन का यह वाक्य बार-बार याद आता था—

'सुरभि, तुझे पता है कि अपने इन युवराज का नाम मुझे क्यों अच्छा लगता है?' और जिस प्रशंसात्मक भाव से सोहन स्वयं ही अपने प्रश्न का उत्तर देते, वह चेहरा सुरभि भाभी की आँखों के आगे तैरने लगता।

''इसलिए नहीं कि यह सुरभि और सोहन के बीच का सेतु है...''

इसलिए नहीं कि यह तेरे और मेरे अरमानों को पूरा करने का माध्यम है...

''सुरभि...मेरी अभिलाषा है कि यह अपने भव्य अतीत और उज्ज्वल भविष्य को जोड़ने वाली पीढ़ी का प्रतीक रूपी समर्थ सेतु बने...इसलिए सेतु...सेतु...मुझे बहुत प्रिय है।''

सुरभि भाभी को लगता था कि सोहन के मुख से सुने इन शब्दों में बहुत बड़ा दायित्व छिपा है।

"और सोहन भी ऐसे भव्य भूतकाल और उज्ज्वल भविष्य का सपना लेकर जिया था न।" सुरभि भाभी के मन पर सोहन के संक्षिप्त जीवन की अमिट छाप उभर आई थी।

नहीं...नहीं...वह सिर्फ जिया ही नहीं, मरा भी इसी के लिए...और अपने अरमानों के लिए नहीं आदर्शों के लिए...

सुख के लिए नहीं, सेवा के लिए...

कर्तव्य को निभाने की लालसा ने ही उसका जीवन दीप बुझा दिया था।

सोहन के जीवन की महानता को याद करते हुए सुरभि भाभी को जीवन के अंधकार की वह दुर्घटना याद हो आई। बिल्कुल एक वर्ष पहले आज के ही दिन...वह गुरुपूर्णिमा ही थी। सोहन ने जिनके सान्निध्य में जीवन-आदर्शों का पालन किया था उनके पास गुरुपूजन के लिए शुभ्र वस्त्र पहनकर जाने को तैयार हुआ था। सुरभि और सेतु उसे दरवाज़े तक छोड़ने आए थे। और वहीं मंदिर के पास से अचानक चीखें सुनाई दीं। सोहन यह भूल गया कि वह किस काम के लिए जा रहा था और कुछ भी सोचे बिना चीखों की आवाज़ सुनकर उस दिशा में दौड़ पड़ा।

मंदिर में बहुत भीड़ थी। गुरु का आशीर्वाद लेने के लिए आसपास के गाँवों से अनेक लोग एकत्र हुए थे। वर्षों पुराने इस जर्जरित मन्दिर में गुरु के दर्शन के लिए विशाल काष्ठ मंडप खड़ा किया गया था और वह काष्ठ मंडप लोगों की भीड़ का वजन नहीं उठा सका और चरमराकर गिर पड़ा...हज़ारों लोगों की चीखें निकल गईं। वे चीखें रुकें उससे पहले सोहन भीड़ को चीरकर भग्न मंडप के पास पहुँच गया जिसमें हज़ारों लोग दबे हुए थे। कइयों को चोट लगी थी तो कई भीड़ के नीचे कुचले जा रहे थे। सोहन ने जितनों को बचाया जा सकता था, उनको बचाने का प्रयत्न किया। दूसरों ने भी सोहन के इस कार्य में सहायता की, पर भीड़ में सभी को अपनी ज़िन्दगी प्यारी थी। जिसे जहाँ रास्ता मिला वहाँ से भागने का प्रयास किया। कुछ जान बचाने के लिए बरामदे में कूदने के लिए

छत पर चढ़ गए। छत पर भीड़ बहुत बढ़ गई। जर्जरित मन्दिर की छत इतना भार कैसे सहन कर पाती? सैंकड़ों लोगों के साथ छत बैठ गई। छत का एक भाग सेवा कार्य में लगे सोहन के सिर से टकराया। सोहन बेहोश हो गया। लोगों से सुना वह वृत्तांत आज फिर से याद हो आया।

बिजली गिरे इस तरह सोहन का समाचार सुरभि भाभी के कान से टकराया। सेतु को गोद में लिए वे मंदिर पहुँचीं। काठ-कबाड़ में से बाहर लाई हुई सोहन की मृतदेह के पास पहुँची। उसके चेहरे पर कर्तव्य निभाने का संतोष था। सुरभि भाभी अवाक् थीं। गहरे आघात ने उनके हृदय को सुन्न कर दिया था। आँसू आने दुष्कर हो गए थे। सुरभि भाभी का हृदय कह रहा था—सोहन समाज की भावनाओं के साथ जीता था और उन्हीं के लिए मरा भी।

अब सोहन नहीं था और सोहन के सपनों को साकार करने के लिए ही जना था वह सपना अर्थात सेतु...सोहन के जीवन के अन्तिम पृष्ठ सेतु के नाम स्मरण से ही पूरे होते थे। सुरभि भाभी वर्तमान में आ चुकी थीं।

सुरभि भाभी ने सेतु से छोटा सा कलश मँगवाया। यह छोटा-सा कलश उसका लगभग एक वर्ष से मित्र था। मम्मी रोज़ पाँच पैसे या दस पैसे उसमें डालने के लिए देती। नन्हें सेतु को एक बार समझाया कि यह पैसे तेरे पप्पा के पास पहुँचाने हैं। इसके बाद सेतु को इन पैसों को खर्च करने की इच्छा भी नहीं हुई थी। कोई सगा-सम्बन्धी हाथ में रुपया-दो रुपया दे जाता तो उसे भी सेतु स्वयं कलश में डाल देता था।

कलश सुरभि भाभी के हाथ में देते हुए सेतु के मुख से सहज रूप से निकल गया—''आज ये पप्पा को भेजे जाने हैं?'' सेतु के इस प्रश्न का सुरभि भाभी के पास कोई उत्तर नहीं था। सिर्फ ढली आँखों के कोनों से वेदना ही प्रगट हो रही थी। उन्होंने नन्हें सेतु से कलश पर फूलों का हार लिपटवाया और रोली-चावल से अभिषेक करवाया। सुरभि भाभी ने अपने काँपते हाथ को सँभालने के लिए सेतु के हाथों को पकड़ रखा था। उसकी नन्हीं अँगुलियों को पकड़कर गीली रोली से कलश के मुख पर बँधे सफेद कपड़े पर लिखवाया—राष्ट्राय स्वाहा, राष्ट्राय इदं न मम।'—यह सोहन का प्रिय मन्त्र था। इसी को ही उसने अपने जीवन

का आधार माना था। सुरभि भाभी के मन को संतोष था कि वह सोहन की अमानत सेतु को पिछले एक वर्ष से संस्कारित करके सोहन के आदर्शों का ही पालन कर रही है।

सेतु को लेकर सुरभि भाभी गाँव के सीमान्त पर पहुँची। दूर एक झोंपड़ी की ओर कदम बढ़ाए कि तुरन्त सेतु ने आश्चर्य के साथ पूछा—‘‘मम्मी क्या पप्पा यहाँ रहते हैं? तू कह रही थी कि हम ये पैसे पप्पा को देने जा रहे हैं।’’

‘‘नहीं, यहाँ तेरे पप्पा के टूटे सपने बिखरे हुए पड़े हैं, उन सपनों से तेरा परिचय करवाना है।’’ सेतु को कितना समझ में आएगा, इस बारे में सोचे बिना ही अपने हृदय के विचारमंथन को प्रकट कर दिया था।

झोंपड़ी वासियों का सबसे अधिक ध्यान सुरभि भाभी की ओर था। यहाँ पर उनकी यह पहली मुलाकात नहीं थी परन्तु सेतु का आगमन उनके लिए प्रतीक्षा का कारण बन गया। सुरभि भाभी के पाँव दरवाज़े पर खड़े दो बालकों के पास आकर रुक गए। दोनों के चेहरों पर किसी अपने से मिलने की खुशी थी।

सोहन के साथ कईयों का देहान्त हुआ था। उन लोगों में इन छोटे बच्चों के माता-पिता भी थे। सोहन की मृत देह मिली उसके हाथ में इन बच्चों के पिता का ही हाथ था। उस निर्जीव बंधन को सुरभि भाभी ने सोहन का अधूरा अन्तिम कर्तव्य मानकर उस अभागे पिता की इन दोनों सन्तानों का हाथ अपने हाथ में ले लिया था। कई बार ये बालक सुरभि भाभी के यहाँ आते। इससे सेतु से भी परिचित थे।

सेतु से आँखें मिलते ही तीनों के चेहरों पर मुस्कान आ गई। सुरभि भाभी के कहने पर सेतु ने दोनों के माथे पर तिलक लगाया और देर किए बिना उसने मम्मी के हाथ से कलश लेकर बालकों के हाथ में रख दिया। हाँ...यह सहज रूप से हो गया...दोनों बच्चों की आँखों में आँसू देखकर सेतु भी रो पड़ा। सुबह से ही उसे रोना आ रहा था पर नहीं रो सका था। यहाँ आँसू ही नहीं रुक रहे थे।

सुबह से रो रहीं सुरभि भाभी के चेहरे पर संतोष की खुशी चमक रही थी।

●

भव्य अतीत और उज्ज्वल भविष्य को जोड़ने वाला—'सेतु'

—हसमुख रावल[*]

नहीं, यह माता-पिता को जोड़ने वाले पुत्र रूपी सेतु की बात नहीं है। माता-पिता की सुख-समृद्धि को साकार करने का माध्यम अर्थात सेतु, यह भी नहीं है। ऐसा सेतु भी नहीं है जो दोनों के अरमानों की अभिव्यक्ति व माध्यम हो।

जिसने अनेकों को बचाने के लिए अपने प्राणों की आहुति दी है, ऐसा परोपकारी सोहन कहता है—

''सुरभि...मेरी अभिलाषा है कि यह अपने भव्य अतीत और उज्ज्वल भविष्य को जोड़ने वाली पीढ़ी का प्रतीक रूपी समर्थ सेतु बने...इसलिए सेतु...सेतु...मुझे बहुत प्रिय है।'

'सेतु' यानि स्व. सोहन और सुरभि का पुत्र। इसलिए ही सुरभि से स्वर्गीय पति की स्मृति में, विधवा पत्नी के हृदय से उद्गार निकल पड़ते हैं—''और सोहन भी ऐसे भव्य भूतकाल और उज्ज्वल भविष्य का सपना लेकर जिया था न!''

उस सेवामूर्ति सोहन को दिवंगत हुए एक वर्ष का समय बीत गया है, तब सुरभि के मन में सिर्फ संताप और व्यथा ही नहीं होती, बल्कि नन्हें सेतु को देखकर अपार स्मृतियाँ उभरती हैं।

माननीय श्री नरेन्द्र भाई मोदी के संवेदनशील कहानी संग्रह 'प्रेमतीर्थ' के छठवें क्रम की कहानी 'सेतु'—एक माँ, एक पत्नी, एक वात्सल्य मूर्ति नारी की मनोव्यथा और सेवा-समर्पण की मार्मिक कथा है।

लेखक ने छोटी-छोटी रेखाओं से कई चित्र अंकित किए हैं।

—मूसलाधार बरसात में नींद की प्रतीक्षा करते थकी हुई सुरभि भाभी

—प्यार से सेतु के सिर पर हाथ फिराती और कभी उसके मुख को चुम्बनों से

---

[*] गुजराती उपन्यासकार एवं स्तंभकार, 'शब्द' 3, टैगोर नगर, कालावाड़ रोड, राजकोट-360001

भर देती ममतामयी माँ।

—दुर्घटना से सोहन की विदाई के बाद सुरभि ने अपना वैधव्य जन सेवा द्वारा इस तरह शोभित किया कि गाँव वालों के लिए वह सुरभि भाभी कैसे बन गई लेखक को बताने की ज़रूरत नहीं पड़ी।

वह व्याकुलता भरी रात मुश्किल से व्यतीत करती है और पुत्र सेतु को जल्दी जगा देती है, उस समय सेतु मम्मी को मौन-साधना में डूबा देखकर कुछ बोलने की हिम्मत नहीं करता।

—परन्तु वेदना तो आँसू बनकर बहेगी ही।

सेतु के मन में मम्मी के आँसू देखकर असंख्य प्रश्न उठते हैं। मम्मी आज इतनी अधिक बेचैन क्यों है?'

सुरभि तो सोहन के सपनों को साकार करने के लिए निरन्तर प्रयास करती है, इसलिए ही 'उसका हृदय इच्छा या अनिच्छा से अतीत को नोंच रहा था।

फ्लैश-बैक में पति-पत्नी के संवाद, सोहन की सेतु सम्बन्धी सोच और कर्तव्य को पूर्ण करने की उसकी लालसा ने ही उसका जीवन-दीप बुझाया था, इसकी कुशल आलेखन-रीति। और काठ-कबाड़ में से बाहर लायी गई सोहन की मृत देह।

कहानीकार लिखता है—

अब सोहन नहीं था, अब सिर्फ सोहन के सपनों को साकार करने के लिए जीना था और वह सपना यानि कि सेतु।

आज सोहन का देहान्त हुए एक वर्ष हो गया था।

सुरभि भाभी जब पुत्र सेतु से बचत के पैसे वाला कलश माँगती हैं, तो सेतु सहज रूप से पूछता है—"यह पैसे पप्पा को भेजने हैं?

कलश पर फूलों का हार...रोली-चावल से अभिषेक और कलश के मुख पर बँधे सफेद कपड़े पर रोली से लिखवाया—"राष्ट्राय स्वाहा, राष्ट्राय, इदं न मम।"

फिर झोंपड़ीवालों की बस्ती में जाना, जहाँ के बच्चों के माता-पिता सोहन के साथ स्वर्ग गंगा में गये थे।

—सेतु ने मम्मी के हाथ से कलश लेकर दोनों बालकों के हाथ में थमा दिया।

—'सुबह से ही रो रही सुरभि भाभी के चेहरे पर संतोष की खुशी चमक रही थी।'

इस कहानी के कुशल और समर्थ कहानीकार श्री नरेन्द्र भाई मोदी पाठकों के हृदय को अनेक स्थलों पर स्पर्श करते हैं।

कहानीकार एक साथ वात्सल्यपूर्ण माँ, संवेदनशील जीवन संगिनी और राष्ट्र-लोक-सेवा को समर्पित नारी को भव्य अंजलि देता है।

पति के स्वर्गवास के बाद पुत्र 'सेतु' के साथ गरीब बालकों की माँ बनकर सुरभि किस तरह गाँव वालों की सुरभि भाभी बनी, इस स्वार्पण की भावना को कहानीकार संक्षेप में सहजता, सरलता के साथ मार्मिक ढंग से निरूपित करता है, यह संघटन लेखक की संवेदनशीलता को प्रभावी रूप से व्यक्त करता है।

वर्षों पहले लिखी गई इस कहानी की शुद्ध भावना—'राष्ट्राय स्वाहा, राष्ट्राय इदं न मम' की प्रतिध्वनि क्या आपको सुनाई नहीं देती?

संन्यास लेने के बारह वर्ष बाद एक दिन मैंने अपनी माँ को सामने खड़ा पाया। मेरे साथ मेरा धर्म भाई था। मेरी माँ की आँखें आनंद के आँसुओं से डबडबा रही थीं। मैंने उसे पहचान लिया लेकिन वह मुझे और मेरे धर्म भाई में से पहचान नहीं पा रही थी कि उसका बेटा कौन-सा है। जब मेरी माँ को बताया गया कि मैं उसका बेटा हूँ तो स्नेह से उन्होंने मेरे सिर पर हाथ फेरना चाहा। वे अच्छी तरह जानती थीं कि एक जैन मुनि को न उसकी माँ छू सकती है न बहन। लेकिन वह अपने को रोक नहीं पाईं। उनका दुख था कि : "जीते-जी अपने बेटे को प्यार और आशीर्वाद देने के लिए क्यों नहीं छू सकती? मैंने उसे जन्म दिया है और सात साल तक पाला है। उसको छूने के मेरे अधिकार को कोई छीन नहीं सकता।"

धर्म और माँ के प्रेम के बीच जब भी यह द्वंद्व युद्ध आता है तो मेरा दिल छटपटा उठता है।

—मुनि सुशील कुमार

लगाव का अंकुर

लगाव का अंकुर

निझरी ने स्वाभाविक रूप से अपने जीवन में पश्चिमी रंग-ढंग अपना लिया था। निझरी का परिवार जन्मजात अमीर नहीं था, परन्तु देखते-देखते उनको काफी अर्थ प्राप्ति हो गई थी। धन आते ही तथाकथित आभिजात्य ('फार्वर्ड') वर्ग के साथ उठना-बैठना, उसमें कहीं हीनभाव प्रदर्शित नहीं हो, इनके लिए प्रयासपूर्वक अधिक आधुनिक दिखने की प्रवृत्ति भी निझरी के परिवार में विकसित हो गई थी। और इन नवधनिकों द्वारा आधुनिकता और पश्चिमीकरण के बीच की लक्ष्मण-रेखा कब पार कर दी गई, इसकी भी सजगता कहाँ होती?

संस्कारों का महत्त्व या रीति-रिवाजों का?

समाज का महत्त्व या क्लब लाइफ का?

वैभव यानि सुख या संतोष यानि सुख?

भव्य बंगले में महँगा बनाया मन्दिर या श्रेष्ठ आचरण धर्म है?

विदेशी कारों का काफिला, ऊँची इमारतें यानि बड़प्पन या अच्छे काम करना बड़प्पन माना जाएगा?

सभ्यता और व्यक्तित्व निखारे वह वेशभूषा या नग्नता ढँकने के लिए वेशभूषा?

हाँ...ऐसे अनेक प्रश्नों और दुविधा के बीच जी रहे नवधनिकों की तरह निझरी

का परिवार भी हाथ-पैर मारता हुआ 'बैकवर्ड' से 'फार्वर्ड' बनने की कोशिश कर रहा था। इस कोशिश की तीव्रता के बीच निर्झरी बड़ी हुई थी। तथाकथित 'फार्वर्ड' सोसायटी के साथ अब वह जुड़ चुकी थी।

नवधनिक पिता के धन से अच्छे कॉलेज में प्रवेश लेना अब निर्झरी के लिए कठिन नहीं था। इसमें भी इन परिवारों के लड़के-लड़कियाँ क्या पढ़ते हैं उससे अधिक कहाँ पढ़ते हैं, यह 'स्टेट्स सिम्बल' होने के कारण निर्झरी के लिए रुपये खर्च करना, यह 'रुतबा' प्राप्त करने के लिए एक प्रकार का इन्वेस्टमेन्ट था। निर्झरी होस्टल और कॉलेज में अलग-थलग पड़ जाती थी। यद्यपि अलग दिखने की तथाकथित कला उसे अच्छी तरह आती थी। वह जी खोलकर खर्च करती थी। वहाँ ऐसे में मित्रों की कमी...ओ हो, चमचा-चमचियों की कमी कहाँ से होती।

दोस्तों की टोली और प्रशंसा के स्वरों के बीच निर्झरी का ध्यान अपने सहपाठी शैल की ओर गये बिना नहीं रह पाया। वह लगभग छह महीने से उसके क्रिया कलापों को देख रही थी। शैल की मोटर साइकिल कॉलेज के दरवाज़े पर पहुँचे कि सब समझ जाते थे कि अब कॉलेज का समय हो गया है।

शैल का व्यक्तित्व ही ऐसा था कि किसी को भी आकर्षित कर सकता था। उसके जीवन में धैर्य और दृढ़ता स्पष्ट दिखाई देती, अगरबत्ती की तरह विवेक और सौम्यता की सुगंध उसके आस-पास महकती रहती थी। शैल आत्मकेन्द्रित नहीं था पर यहाँ-वहाँ लड़के-लड़कियों से टकराता-फिरता भी नहीं था। वह सबसे मिलता-जुलता था, पर जुड़ नहीं जाता था। हास्य में साथ देता पर व्यंग्य, कटाक्ष के समय मित्रों के बीच अपनी आँखें झुका लेता। पढ़ने में व्यस्त रहता और मित्रों के बीच मस्ती भी करता था। शैल की उपस्थिति सूर्य के ताप जैसी कभी नहीं लगती थी, वह चाँदनी की शीतलता की तरह ठंडक पहुँचाता था।

शैल के ऐसे व्यक्तित्व के कारण ही निर्झरी के मन में उसके बारे में जिज्ञासा जगी थी। दोस्त और प्रशंसकों की टोली के बीच निर्झरी का कभी-कभी मन करता कि कभी शैल भी इस टोली में उसके समीप हो पर वह दूर से ही 'हलो', 'हाय' कर मुस्कराकर निकल जाता। इससे निर्झरी के अहं पर चोट पड़ती, कभी

सकारात्मक, कभी नकारात्मक। परन्तु निझॅरी के विचारों में वह होता ही था। उसकी जीवनशैली ही ऐसी थी कि उस पर किसी को गुस्सा नहीं आता था। और उसके पास जाने के लिए कोई रास्ता भी नहीं सूझता था। निझॅरी ने इस मनोमंथन में कई दिन गुजारे। आखिर एक दिन उसने शैल के पास पहुँच कर कोर्स से सम्बन्धित प्रश्नों की चर्चा की। पर उसे कहाँ उत्तरों में रुचि थी? उसे तो शैल में रुचि थी। निझॅरी की उपस्थिति या अनुपस्थिति का अहसास कभी शैल को नहीं होता था।

प्रारम्भ में निझॅरी की बातों के विषय मित्र, सिनेमा, क्रिकेट, खाद्य-वानगि और वेश-भूषा जैसे रहते। शैल यह सब सहज रूप से सुनता रहता, उसके चेहरे से कभी अनिच्छा प्रकट नहीं होती। कभी हुंकारा देता, तो कभी एकाध शब्द बोलकर हँस देता, पर निझॅरी को हमेशा अधूरापन लगता था। उसे हमेशा लगता था कि वह शैल के पास होती है पर साथ नहीं होती। शैल को जानने, समझने की उसकी उत्सुकता उत्तरोत्तर बढ़ती जा रही थी। निझॅरी के लिए उसके निकट जाना एक पहेली बन चुका था और वह जहाँ खड़ी थी वहाँ से वापस लौटना दुष्कर था।

वह हमेशा सोचती रहती थी कि शैल ऐसा करेगा तो मैं वैसा करूँगी। वह ऐसा कहेगा तो मैं यह बोलूँगी। बहुत कुछ सोचती रहती। जब शैल से मिलना होता तो पहले विचारा हुआ कुछ नहीं हो पाता। उसके घंटों की स्वप्न योजना और विचार बेकार चले जाते। शैल इतना सरल और सहज था कि उसके प्रति असहज रहना भी कठिन था। पानी की लहर की तरह वह तुम्हें भिगो जाए और पता भी नहीं लगे, ऐसा शैल का व्यक्तित्व था।

कभी निझॅरी को लगता कि शैल उसके धैर्य की परीक्षा ले रहा है। कभी लगता कि वह दूसरे के व्यक्तित्व को स्वीकारता तो है पर उसे अपने अनुरूप ढालने को तैयार नहीं है। कभी उसे ऐसा भी लगता कि शैल उसे कभी भी नहीं समझ पाएगा। मौन के महल में विचारों की आँधी के बीच विकसित हो रहे इस सम्बन्ध के रूप-रंग का अंदाज़ा निझॅरी को नहीं हो रहा था और शैल अंदाज़ा आने नहीं देता था।

शैल समझदार था। निझॅरी के व्यवहार से शैल को उसके परिवेश का अन्दाज़ा

हो गया था। उसकी इच्छा थी कि शैल उसके परिवार, सामाजिक-आर्थिक स्थिति के बारे में पूछे, पर वह कभी नहीं पूछता था और न ही परोक्ष रूप से जानने का प्रयास करता था। शैल दूरदर्शी था, निर्झरी के हृदय में चल रहे विचारों के द्वन्द्व को समझ गया था। निर्झरी उसके बारे में पूछती तो सदा की तरह एकाध शब्द में 'हाँ' या 'नहीं' में उत्तर देकर प्रश्नकर्त्ता का मूल्यांकन करता था।

निर्झरी और शैल के बीच मित्रता से अधिक विश्वास का सेतु निर्मित हो गया था। विशेष रूप से निर्झरी को शैल के पास सुरक्षित होने का अहसास होता था। इस नामहीन सम्पर्क को कई महीने हो गए थे। निर्झरी के द्वारा कभी-कभी दिये गए उपहारों को भी उसने कभी खोलकर नहीं देखा। हाँ...कभी-कभी उनके बदले एकाध पुस्तक उसने निर्झरी को अवश्य भेंट में दी।

शैल ने शायद ही कभी निर्झरी को फोन किया था, परन्तु आज अचानक निर्झरी के मोबाइल पर उसकी आवाज़ सुनाई दी—''निर्झरी! इस शनिवार-रविवार की छुट्टी में मेरे साथ आ सकती हो?''

उसका ऐसा प्रस्ताव सुनकर निर्झरी के मुख से अचानक निकल गया—''शैल, तू ही बोल रहा है न?''

''शैल, मैं निर्झरी बोल रही हूँ।

तू मुझे शनिवार-रविवार (वीक एंड) में बाहर चलने का आमन्त्रण दे रहा है? शैल...शैल...तू शैल ही है न?''

बिना आवेश के शैल ने सहजता से कहा, ''हाँ...मैं शैल ही बोल रहा हूँ, तुझे आना अच्छा लगेगा?''

''हाँ...हाँ...शैल बिल्कुल अच्छा लगेगा। हम अपनी गाड़ी में जाएँगे...क्या-क्या तैयारी करनी है?'' निर्झरी एक साँस में बोल गई।

''निर्झरी...तुम्हें तकलीफ नहीं हो तो हम मेरी मोटर साइकिल पर ही जाएँगे। अपने कपड़े और ज़रूरी सामान के अलावा कुछ लेने की ज़रूरत नहीं है।''—शैल ने स्वभाव के अनुसार संक्षेप में कहा।

निर्झरी के लिए आश्चर्य की सीमा नहीं थी...शैल के साथ रहने, उसे समझने का अवसर मिलेगा। उसका आनन्द मन में समाता नहीं था।

सर्दी ने विदा ले ली थी, पर अभी गरमी शुरू नहीं हुई थी। सुबह-सवेरे सन्तुलित गति से शैल की मोटर साइकिल निर्झरी को लेकर दौड़ रही थी। सूर्योदय की लालिमा ने दो युवा यात्रियों का स्वागत करने को लाल चादर बिछा दी थी। निर्झरी ने शायद जीवन में पहली बार सूर्योदय देखा था। उसकी जीवन शैली में सुबह उठना कहाँ था। शैल प्रकृति प्रेमी था। दौड़ रही मोटर साइकल पर अपने मन को प्रकृति के सौन्दर्य में डुबो दिया था। निर्झरी अपने स्वभाव के अनुसार तरह-तरह के सोच में खोई हुई थी। परन्तु न जाने क्यों वह शैल को कुछ पूछ नहीं पा रही थी। बीच-बीच में शैल रुककर उससे चाय-नाश्ते के लिए पूछता। कुछ साथ लेकर फिर दोनों मोटर साइकिल का सफर शुरू कर देते। निर्झरी के लिए यह नया अनुभव था, शैल हर कदम पर उसका ध्यान रख रहा था।

शैल ने डामर का रास्ता छोड़कर मोटर साइकिल कच्चे रास्ते की ओर मोड़ी। गति कम हो गई। ऊबड़-खाबड़ रास्ते के सामने दूर-दूर तक पहाड़ों की श्रृंखला दिखाई देने लगी। कच्चे रास्ते पर मीलों तक चलने के कारण मोटर साइकिल अब पहाड़ के चढ़ाव पर नहीं चल सकी थी। जितना हो सका उतना जाकर शैल ने बाइक एक पेड़ के नीचे खड़ी कर दी।

"निर्झरी...चल, अब सामान को उठाकर चलना है...चल सकेगी न? ला कुछ सामान मुझे दे दे।"

"शैल...पर हम कहाँ आए हैं? कहाँ जाना है? यहाँ तो कोई आदमी भी नहीं दिखाई देता।"—निर्झरी ने एकसाथ कई प्रश्न पूछ डाले।

"मुझे नई-नई जगहों पर जाना अच्छा लगता है। प्रकृति की गोद में खो जाने में आनन्द आता है। जहाँ मानव-मन गंगोत्री के समान पवित्र है, ऐसों के मन को जान पाने के लिए मैं प्रयत्नशील रहता हूँ।

"पंचमहल के, रतनमहल के इन पहाड़ों, जंगलों के बारे में बहुत सुना था। इसलिए यहाँ आ पहुँचा। निर्झरी...अपनी इच्छा तुझ पर थोपना नहीं चाहता। तुझे बोरियत तो नहीं होगी? और...ऐसे लगे तो बता देना, हम वापस लौट चलेंगे।"

उसकी बातों से उसकी रुचि और स्वभाव का पता चलता था। उसकी आवाज़ में निर्झरी के प्रति लगाव प्रकट हो रहा था।

''परन्तु...शैल यह बाइक ऐसे छोड़ देंगे और कोई चुरा ले गया तो?''—निर्झरी को चिन्ता सता रही थी।

''निर्झरी! शहरी बाबुओं का यह रोग अभी इन निर्दोष वनवासियों तक नहीं पहुँचा है। बाइक का कुछ नहीं होगा, चिन्ता नहीं कर।

ये पंचमहल के रतनमहल के पहाड़ अभी कुँवारे हैं। यहाँ रीछों की काफी संख्या है। जंगली रीछों का प्रकृति द्वारा बनाया गया यह अभयारण्य है।''

''क्...या-?''—निर्झरी की आवाज़ में भय था।

''रीछ...''

''निर्झरी...इसमें डरने की बात नहीं है।''

''पेट्रोल का धुआँ, शहरी बाबुओं की भीड़, डामर के रास्ते, बिजली की जगमगाहट। यह तथाकथित आधुनिकता अभी इन्हें छू नहीं सकी है।''

''वास्तव में शैल, यह सब कितना सुन्दर है।...यह बिखरे-बिखरे इतनी...दूर-दूर घर''—निर्झरी का पहली ही बार इस नई दुनिया में प्रवेश हुआ था। मन के भावों को व्यक्त करने के लिए उसके पास शब्द नहीं थे।

''निर्झरी! हमारे यहाँ श्रीमंतों की समृद्धि का एक मानदंड है—फार्म हाउस।...एक-दो या पाँच एकड़ ज़मीन पर बना एक अकेला घर! उसे सुख-शांति प्राप्त करने की कृत्रिम प्रयोगशाला ही मानो!''—शैल इतना कहकर श्रीमंत परिवार की लाड़ली निर्झरी के मनोभावों को पढ़ने के लिए उसकी ओर एकटक देख रहा था। निर्झरी अवाक् थी। उसने आगे कहा—''निर्झरी।...बाँस, बल्ली, घास-पत्तियों से दूर-दूर बने छोटे-छोटे झोंपड़े इन वनवासियों के घर हैं।

''ओह...सॉरी...उनके फार्महाउस हैं। छटादार वनराशि...दो झोंपड़ियों के बीच आधा-पौना किलोमीटर का अन्तर...देख, निर्झरी!...यहाँ प्रकृति पूरी तरह न्यौछावर है...इनके सुखी-संतोषी घर संसार को भरपूर आशीर्वाद दे रहे हैं।

और...हाँ...ये उन शहरी बाबुओं जैसे फार्महाउस नहीं हैं। यह वास्तविक फार्महाउस हैं।

फार्म में पैदा हुई वस्तुओं से बने घर! यहाँ आर.सी.सी. का जंगल नहीं है।

ईंट, चूना, सीमेन्ट, लोहा...इनमें से कुछ भी नहीं। यह फार्म से बना सही रूप में 'फार्महाउस' है।''

'बाँस, बल्ली, पेड़, पत्ते...' शैल तन्मयता से वनजीवन के गुणगान करने में खो गया।

निर्झरी को पहली बार लगा कि आज शैल पहली बार सही रूप में व्यक्त हुआ है, मानो अपनी मनपसन्द जगह, मनपसन्द लोग और मनपसन्द विषय उसे, मिल गया है। वह मन ही मन आनंदित हो रही थी। शैल के अन्तर्मन को समझने का यह क्षण अद्भुत था। तेज धूप में प्यासे मुसाफिर के मुँह में कोई दो-चार ठंडे पानी की बूँदें डाल दे तो उसे जो तृप्ति मिलती है वैसी तृप्ति का अनुभव निर्झरी को हो रहा था।

एक पहाड़ से दूसरे पहाड़? एक वनराजि से दूसरी वनराजि में भटकते हुए शाम ढल गई। शैल और निर्झरी रात भी प्रकृति की गोद में बिताने का मन बना कर आए थे। शैल ने एक राहगीर वनवासी से सरपंच के निवास का ठिकाना जान लिया था। चलते-चलते एक झोंपड़ी के पास आकर खड़े हो गए।

शैल ने पूछा—''यह सरपंच का घर है?''

झोंपड़ी से एक प्रौढ़ शरीर पर एक वस्त्र और सिर पर एक कपड़े का टुकड़ा बाँधे, 'राम-राम, राम-राम' कहता बाहर आया।

''आओ...आओ...यह जोधा भगत का घर है।''

मेहमानों को देखते ही जोधा भगत ने अपनी अलग आवाज़ में दूर-दूर के झोंपड़ों में से गाँव के पाँच-सात लोगों को एकत्र कर लिया। मेहमानों को बैठाने के लिए उन्होंने कागज़ के दो बड़े पोस्टरों को बिछा शैल और निर्झरी को बैठने के लिए कहा। शैल देखता ही रह गया। फिर उसने पूछ ही लिया—''सरपंच जी! यह तो चुनाव के पोस्टर हैं, आपने इनका आसन बना लिया है?''

जोधा भगत खिलखिलाकर हँस पड़ा—''भाई, इन शहर के नेता को हमारी कहाँ से खबर होगी?

पिछले चुनाव में 500 पोस्टर भेजे थे। उन्हें कहाँ पता है कि हमारे घरों में दीवारें नहीं होतीं, जहाँ ये पोस्टर लगाते? इसलिए मेहमान आते हैं तो बिछाने

के काम आते हैं।''—जोधा भगत ने फिर से मुक्त हँसी बिखेरी, राजनेताओं की समझ पर।

खाने की व्यवस्था हो गई। मेहमान रात को रुकने वाले हैं। यह जानते ही दो-तीन युवक दो घने वृक्षों पर दो मचान बनाने में लग गए। देखते-देखते शैल और निर्झरी के लिए दो 'बेडरूम' पेड़ पर बन गए। निर्झरी यह सब कौतूहल पूर्वक देखती रह गई।

शैल सभी गाँववासियों के बीच जोधा भगत को बार-बार सरपंचजी कहकर सम्बोधित करता था। गाँव वालों ने कहा कि यह जोधा भगत हैं, तुम इन्हें जोधा भगत क्यों नहीं कहते?

शैल के मन में प्रश्न खड़ा हुआ—सरपंच तो बड़ा पद है। गाँव में इस पद की राजकीय प्रतिष्ठा होती है। सरपंच बनने के लिए कैसे-कैसे दाँव-पेच खेले जाते हैं।

जबकि यहाँ सरपंच के स्थान पर जोधा भगत कहलवाना गौरव माना जाता है। उससे नहीं रहा गया, उसने एक गाँववाले से पूछ ही लिया और उत्तर सुनकर शैल और निर्झरी आश्चर्यचकित रह गए। उसने कहा—''भगत का विरुद तो इन्होंने तप करके पाया है। भगवान की कृपा से मिला है। सभी व्यसन छोड़कर, मांसाहार छोड़कर इन्होंने भगत का स्थान प्राप्त किया है। सरपंच तो राजकीय पद है, भगत तो भगवान का प्रसाद है।'' शैल के मुख से निकल गया—''निर्झरी...राजनेताओं के लिए जोधा भगत से बड़ा और दूसरा कौन-सा सन्देश हो सकता है?''

सुबह जोधा भगत, उनकी पत्नी जमना, शैल और निर्झरी झोंपड़े के बाहर पेड़ के नीचे गपशप करने लगे। जमना ज्वार बीनते-बीनते निर्झरी के साथ बातें भी कर लेती थी।

निर्झरी जिज्ञासावश यहाँ के लोगों की दिनचर्या, रहन-सहन काम-काज के बारे में सवाल पूछ लेती थी। उसने जोधा भगत से पूछा—''यहाँ जंगल में मधुमक्खियों के छत्ते हैं, क्या तुम शहद का व्यापार करते हो?''

जोधा भगत उसे एकटक देखने लगा। उसके चेहरे पर करुणा व्याप्त थी।

वह धीरे से बोला—''बेटी, यह छत्ते शहद निकालकर बेचने के लिए नहीं हैं। इन पर हमारा अधिकार नहीं है। यह तो इस जंगल में रहने वाले रीछों का

खाना है। शहद बेच देंगे तो रीछों का क्या होगा?"

जमना बीच में बोल पड़ी—"एक बूँद शहद भी हम अपने लिए लें, तो पाप लगे।"

निझरी की नज़र जमना की टोकरी पर पड़ी। काफी मेहनत से उसने ज्वार में से कंकड़ और कूड़ा अलग किया था, पर जमना की सफाई का काम यहीं पूरा नहीं हुआ। उसने ज्वार के भी दो हिस्से किए। छोटे, सिकुड़े फेंक देने जैसे दाने और अच्छे और सुडौल दाने। यह विभाजन देखकर निझरी को आश्चर्य हुआ। उसने जमना से पूछा, ज्वार के इस तरह दो हिस्से क्यों किए हैं। जमना सामने देखने लगी। शर्म से आँखें नीचे करके समझाने लगी—"दोनों ज्वार को पीसकर आटा ही बनाना है। पर ज्वार के अच्छे वाले दानों के आटे के रोटला भगत के लिए और ज्वार के छोटे दानों के आटे से अपने लिए रोटला बनाऊँगी। भगत को खूब मेहनत करनी पड़ती है। इसलिए उनके लिए अच्छी ज्वार के रोटला बनाना ज़रूरी है, मेरे लिए तो ऐसा भी ठीक है।"

जमना का उत्तर निझरी के हृदय में समा गया। उसे पहली बार सामाजिक-जीवन का समीकरण समझ में आया। जमना के उत्तर से उसके रोंगटे खड़े हो गए थे।

शैल ने उसे होस्टल के दरवाज़े पर उतारा। वह अब तक जीवन के इस नव संगीत में लीन हो चुकी थी। "शैल...मुझे प्रेम के पर्यावरण का परिचय कराया, इसके लिए मैं तेरी जीवन भर ऋणी रहूँगी।"—इतना बोलते-बोलते वह भाव-विभोर होकर अपने रूम की ओर दौड़ पड़ी।

●

समीक्षा

____

सामाजिक जीवन के समीकरण निर्देशित करती हृदयंगम बोध कथा

—केशुभाई देसाई*

गुजराती साहित्यकार समाज से दूर हो गया है, इससे उसके शब्द की टंकार धीमी पड़ गई है। साहित्य में समाज की छवि प्रतिबिम्बित होती है। पंचतन्त्र, हितोपदेश या जातककथाओं की अपनी परम्परा में दृष्टान्त द्वारा किसी जीवन मूल्य या आदर्श का निरूपण होता रहा है। गाँधी युग के हमारे कथाकार कथा के माध्यम से मानव मूल्यों का सन्देश देते थे। उनमें से अनेक कालजयी रचनाएँ आज तक अपना स्थान बनाये हुए हैं। धूमकेतु, और रमणलाल वसंतलाल देसाई की कहानियाँ और मेधावी की कविता एवं लोक कथाओं से प्रेरित गुजरात के मुख्यमन्त्री श्री नरेन्द्र मोदी कभी आदर्शवादी युवक थे। राष्ट्रवाद और मानववाद जैसी विचार सरणियों के प्रभाव स्वरूप उनकी लेखनी से कविता और कहानी के रूप में काफी-कुछ लिखा जाता रहा है। यह समझा जा सकता है कि व्यस्त प्रचारक जीवन एवं राजनीति के क्षेत्र की आपाधापी में लेखक के रूप में उन्हें साहित्य साधना करने का समय कम मिला होगा। उनकी लेखनी से अधिक वाक्शक्ति प्रभावशाली है। वे विशेष रूप से 'स्पोकन लेंग्वेज' के आदमी हैं। इसलिए उनका लेखन प्रतिष्ठित साहित्यकार की अपेक्षा मुखर होना स्वाभाविक है।

इन मर्यादाओं के बीच भी लेखक पठनीय और प्रेरक कहानियाँ दे सका है तो वह अभिनन्दन का अधिकारी है। नरेन्द्र मोदी की कहानी 'लगाव का अंकुर' के बारे में प्रतिष्ठित विवेचकों का मत कुछ भी हो, एक कहानीकार के रूप में मुझे यह घटना का अतिक्रमण करके एक कहानी का रूप लेती हृदयंगम कथा लगी है। अलबत्ता, उसमें आदर्श की अतिरंजता अवश्य है। कहानी के दोनों पात्र युगल के रूप में उभरते हैं, यह लेखक की सफलता है। कहानी की विषयवस्तु दो विशिष्ट वर्गों पर केन्द्रित है। एक ओर नवधनिक वर्ग की वैभव प्रदर्शित करने वाली ज़िन्दगी है, दूसरी ओर वनवासियों का पारम्परिक प्राकृतिक जीवन है। यह स्वाभाविक है कि नायिका निझरी के लिए

____

* गुजराती उपन्यासकार एवं स्तंभकार, 13 ऐश्वर्य-1 प्लॉट : 132, सेक्टर : 19

गाँधीनगर-382021

उसके शहरी जीवन और तथाकथित भद्रता का महत्त्व हो। शैल कुछ दूसरी मिट्टी का बना है। लेखक ने उसे अपनी आदर्श समाजव्यवस्था के प्रवक्ता के रूप में प्रस्तुत किया है। फिर भी, उसका लेखन शिथिल नहीं है। अपने आचरण द्वारा ही शैल ने निर्झरी जैसी नवधनिक समृद्धवर्ग की युवती के हृदय में प्रणय की भँवरें पैदा कर दी हैं। वह शैल को पूरे हृदय से चाहती है, बल्कि उसे पाने के लिए तरसती है। शैल प्रारम्भ में उसके उत्कट आकर्षण की अवहेलेना करके तटस्थ रहने का प्रयास करता है, बल्कि अनासक्त भाव से दूर से उसका निरीक्षण करता है, उसकी उपेक्षा करता है, पर अन्त में वह भी तो संवदेनशील मनुष्य जैसा मनुष्य है।

उसे निर्झरी के अदम्य प्रेम के आगे झुकना ही पड़ता है। वह उसे अपनी आदर्श विचार सरणि का परिचय कराने दूर, घने जंगल-पर्वतीय प्रदेशों में वनवासियों के जीवन को दिखाने ले जाता है। वह जो कहना चाहता था वह उन भोले वनवासियों से कहलवाता है। पश्चिमी शैली में वैभवपूर्ण जीवन के सपने देखती निर्झरी प्रकृति की गोद में पल रही समन्वय और समर्पण की संस्कृति का प्रत्यक्ष परिचय करती है और उसके हृदय में उजास फैल जाता है। शैल के आकस्मिक फोन से वह आश्चर्यचकित हो जाती है। शैल फोन कर रहा है! उसकी आवाज़ से परिचित निर्झरी फिर से कन्फर्म करती है—''शैल, तू ही बोल रहा है। शैल ने उसे शनिवार-रविवार की छुट्टी में साथ चलने का निमन्त्रण दिया है। वह इतनी खुश और आनन्दित है मानो लॉटरी लग गई हो। वह अपनी गाड़ी ले चलने के लिए 'ऑफर' करती है। मन के मीत के साथ वीक-एंड गुज़ारने की कल्पना ने उसे पागल बना दिया है। पर लेखक का शैल तो महाकाव्य के नायक की तरह धीरोदत्त, धीर प्रशान्त नायक की तरह धीर और सन्तुलित है, वह अपनी मोटरसाइकिल पर ही जाना चाहता है। निर्झरी तैयार हो जाती है और दोनों रतनमहल के जंगलों में घूमने निकल पड़ते हैं।

निर्झरी को किसी पिकनिक पाइन्ट पर जाना अच्छा लगता। यह आधुनिक भोगवादी यौवन का प्रतिनिधित्व करती नवधनिक भद्रा है। पर उसका सहयात्री उसे खींच ले जाता है प्रकृति की गोद में, जहाँ मानव मन अभी भी गंगोत्री जैसा निर्मल है। अलबत्ता, अनासक्ति और तटस्थता जैसे गुणों का आचरण करनेवाला शैल भूल से भी अपनी धारणा निर्झरी पर नहीं थोपता। वह स्पष्टता करता जाता है—''तुझे बोरियत तो होगी? और ऐसा लगे तो बता देना, हम वापस लौट चलेंगे।''

लेखक ने दोनों पात्रों का सृजन पूरी सजगता से किया है। उनका शैल इक्कीसवीं सदी का मर्यादा पुरुषोत्तम राम है जो हेतुपूर्वक वनभ्रमण में हर कदम पर निर्झरी का

ध्यान रखता है। निर्झरी को कदाचित किसी पर्यटन स्थल पर छुट्टियाँ बिताना अच्छा लगता। पर शैल उसे निर्मल वनवासियों के घर तक ले जाता है, क्योंकि 'सांसारिक जीवन का सही समीकरण' तो वहीं निर्मित होता है। उस आदिवासी परिवार में जो त्याग और समर्पण की भावना है वह शहरी परिवार में खोजने पर भी नहीं मिलेगी। सही रूप में यह प्रेम का तीर्थ है यहाँ शैल अनायास और अनजाने चिरंतन भारतीयता के अतीतरागी पुरोहितस्वरूप में प्रस्तुत होता है।

कहानी के धारदार संवाद विशिष्ट हैं। लेखक को नाटकीय शैली में भाषण देने की आदत है। इसका सीधा प्रभाव उनकी कहानी के संवादों पर पड़ा है। इसमें विपुल मात्रा में कवित्व भी झलकता है।

''निर्झरी! शहरी बाबुओं का रोग अभी इन निर्दोष वनवासियों तक नहीं पहुँचा है।...निर्झरी! पंचमहल के पहाड़ अभी कुँवारे हैं।''...

लेखक ने शैल के नाट्यात्मक संवाद द्वारा पूरे परिवेश का हृदय-आकर्षक चित्र उपस्थित कर दिया है। चन्द्रकांत बक्षी की तरह 'बाबू' शब्द इनको प्रिय हो गया है। 'शहरी बाबू' पढ़ते हुए बक्षी की याद आए तो आश्चर्य नहीं होगा। इनके गद्य की सरलता, प्रवाह और ओजस्विता एक अलग शोध का विषय है, इसमें सुरेश दलाल की चमक-दमक और प्रासानुप्रास की सुगंध है, गुणवंत शाह का लालित्य है। दूसरी ओर उनके कवित्वपूर्ण संवाद स्कूली शिक्षा के समय पढ़ी सामग्री का संकेत देते हैं। धूमकेतु की कहानियों में व्यक्त काव्यात्मकता, नरेन्द्र मोदी की इस कहानी में स्थान-स्थान पर देखने को मिलेगी। एक उदाहरण—''देख, निर्झरी! यहाँ प्रकृति पूरी तरह न्यौछावर है...इनके सुखी-संतोषी घर-संसार को भरपूर आशीर्वाद दे रही है।...पेट्रोल का धुँआ, शहरी बाबुओं की भीड़, डामर के रास्ते, बिजली की जगमगाहट, वह तथाकथित आधुनिकता अभी इन्हें छू नहीं सकी है। छोटे-छोटे झोंपड़े, इन वनवासियों के घर हैं।...ओह...उनके फार्महाउस हैं।''

प्रकृति की गोद में पहुँचकर शैल अधिक उत्तेजित होता है। वास्तव में उसके माध्यम से लेखक अधिक मुखरित हो गया है। दोनों पात्र एक आदिवासी क्षेत्र के गाँव में सरपंच का घर खोजकर वहाँ रात में निवास करते हैं। सरपंच के स्थान पर जोधा भगत को 'भगत' के रूप में पहचाने जाना अधिक अच्छा लगता है। उसका एक गाँववाला शैल से पूछता भी है कि ''भाई, ये जोधा भगत हैं, तुम इनको जोधा भगत क्यों नहीं कहते। क्योंकि सरपंच तो राजकीय पद है। भगत का विरुद तो भगवान का प्रसाद है।''

लेखक स्वयं प्रसिद्ध राजनेता हैं। उनका नायक पूछता है—निझरी, राजनेताओं के लिए जोधा भगत से बड़ा दूसरा कौन-सा सन्देश हो सकता है?

मूल मुद्दा सन्देश पहुँचाने का है। लेखक ने यह कहानी सिर्फ लिखने के लिए, निजानंद के लिए नहीं लिखी। उनका उद्देश्य पाठक को एक खास सन्देश पहुँचाना है। वह है भारतीयता का, अपनी विलुप्त हो रही महान परम्परागत जीवनशैली का। बिल्कुल अनजान आगन्तुकों को जोधा भगत कितने उत्साह से सम्बोधित करता है। (शायद नरेन्द्र भाई के ही) राजनीतिक कार्यकताओं द्वारा भेजे चुनाव के पोस्टरों को बिछाकर उन्हें बैठाता है। प्रकृति की अपार सम्पदा में से मनुष्य को तो अपनी आवश्यकता के अनुसार ही लेना चाहिए, यह नैतिक पाठ वनवासियों को किसी को सिखाना नहीं पड़ता।

जोधा भगत कहता है—‘‘बेटी, यह छत्ते शहद निकालकर बेचने के लिए नहीं हैं। इन पर हमारा अधिकार नहीं है। ये तो इस जंगल में रहनेवाले रीछों का खाना है।’’ उसकी बात को उसकी पत्नी भी अपना समर्थन देती है—‘‘एक बूँद शहद भी अपने लिए लें, तो पाप लगे।’’ लेखक ने इस वनवासी दम्पति के माध्यम से पर्यावरण सुरक्षा का सन्देश भी दे दिया है। परन्तु मुख्य मुद्दा तो गृहस्थाश्रम ही रहता है। जमना आदर्श गृहिणी है। भगत के लिए वह अच्छी ज्वार के रोटला बनाती है। स्वयं के लिए छोटे दानों वाले ज्वार से बने रोटले बनाती है। यह प्रसंग कुछ अधिक मुखर हो गया। आदर्श की भी एक मर्यादा होती है। भगत को पता नहीं हो, इस तरह उसकी पत्नी हल्का ज्वार खाती है, यह पाप नहीं है? पति को परमेश्वर मानकर उसके लिए अपने जीवन को समर्पित कर देना सामंतीय संस्कारों का वर्चस्व इंगित करता है। लेखक अतीत को प्रशंसनीय रखते-रखते स्त्री के समान अधिकार की बात भूल गया है। कभी अति उत्साह में आदर्श लेखक आदर्शों का भी अतिरंजन कर बैठे तो हास्यास्पद लगता है। मधुमक्खियों के छत्तों को रीछों के लिए आरक्षित रखने की बात पाठकों के कितनी गले उतरेगी, यह प्रश्न ही है।

इसलिए यह कहानी, कहानी से अधिक एक अतीत रागी—फेंटेसी—एक बोध कथा लगती है। इसमें पात्रों को लेखक चाभीवाले खिलौनों की तरह चलाता है और उनके माध्यम से अपने आदर्शों का भी सन्देश देने का प्रयास करता है। यद्यपि औसत पाठक और विशेषरूप से किशोरों को ऐसी कहानी पढ़कर रतनमहल के जंगलों में घूम आने के रोमांच का अवश्य अनुभव होगा।

वैयक्तिक रूप से मुझे भी ऐसा प्रेरक और ललित लेखन पढ़ना अच्छा लगता है। उस अरण्यवासी की तरह लेखक को भी शुभ कामना दें—‘‘मुख्यमंत्री पद तो राजकीय पद है, जबकि सर्जकता तो ईश्वरीय प्रसाद है।’’ भविष्य में श्री नरेन्द्र मोदी का सृजन सोलह कलाओं में खिले, ऐसी आशा रखने का हमें अधिकार होना चाहिए।

अनुराग का पुनर्जन्म

अनुराग का पुनर्जन्म

एक वर्ष बीत गया। एक-एक दिन, एक-एक पल मानों गिन-गिनकर बीते हों, इस तरह कठिन, मुश्किलों भरे लगते थे।

पाठशाला की वही भव्य इमारत।

खेल-कूद की वही सामग्री।

पेड़-पौधे और हरियाली भी वैसी की वैसी।

वही ड्रेस, वही बच्चे और वही शिक्षक।

वही कक्षाएँ और वही पुस्तकें...

वही पाठ्यक्रम और वही उपक्रम, हाँ सब कुछ वैसा का वैसा ही था, फिर भी सब कुछ नीरस, निर्जीव...यंत्रवत्—मानों स्कूल का जीवन ही निष्प्राण हो गया था। परिवार में से किसी आत्मीय की विदाई हो जाए...फिर भी कुछ समय बाद परिवार में शान्ति हो जाती है, पर यहाँ तो मानो जीवन ही रुक गया था।

आज अमर की पुण्यतिथि थी। अमर के माता-पिता स्कूल जा रहे थे। अमर की स्मृति में स्कूल के बच्चों के लिए मिठाई लाए थे। स्कूल के सभी बच्चे खड़े थे और निस्तेज लग रहे थे, मानो मूर्तियाँ खड़ी हों। शोक और उदासी की छाया सबके चेहरों पर दिखाई दे रही थी। मिठाई के लिए कोई बच्चा हाथ आगे करने को तैयार नहीं था। सभी के चेहरों पर अपराध बोध का भाव असह्य वेदना बनकर दिखाई दे रहा था। अमर के माता-पिता से आँख मिलाने को भी कोई तैयार नहीं था।

सूरज की तेज धूप के बीच मानो अंधकार उग आया हो। आँखें खुली हुई थीं, फिर भी कोई वर्तमान में नहीं था। सभी की आँखें एक वर्ष पहले का दृश्य देख रही थीं, जब अमर 'अमर' हो गया था। हवा की लहर या पत्तों का हिलना यहाँ उपस्थित सभी के हृदय को मथे देता था। वातावरण में अवसाद फैला हुआ था।

चारों ओर मौन के बादल घिरे थे, वहीं बिजली की तरह एक चीत्कार सभी को कँपा गया। फूट-फूटकर रोने की यह आवाज़ आज एक वर्ष बाद सबके कानों से टकरा रही थी। एक वर्ष से अटकी हुई यह आवाज़ आज आँसुओं के सरोवर में सिसक रही थी। विद्यार्थियों को यह समझना कठिन नहीं था, कि यह सिसकियाँ उनके प्रिय शिक्षक अनुराग सर की थीं।

यह क्षण, अमर की पुण्यतिथि तो मानो अनुराग सर की जन्मतिथि बन गई। अनुराग सर मानो स्कूल के प्राण! ऊर्जावान अनुराग सर जब से स्कूल में आए, तब से स्कूल का वातावरण प्रफुल्लित हो गया था। स्कूल की दीवालें, पेड़-पौधे यहाँ तक कि स्कूल का घंटा भी अनुराग सर की उपस्थिति से जीवंतता महसूस करता था। विद्यार्थी के विकास की बात हो या किसी समस्या की चिन्ता, क्लासरूम में पढ़ना हो या अन्य प्रवृत्तियों को करने की बात हो, अनुराग सर का विशिष्ट व्यक्तित्व समग्र रूप से छा जाता और वह कार्यक्रम जीवन्त हो उठता था।

अनुराग सर अति उत्साही थे। स्कूल, विद्यार्थी ही मानों उनका स्वर्ग था। कुछ भी नया देखें या जानें, उनका गम्भीर प्रयास होता कि यह स्कूल के विद्यार्थियों तक किस प्रकार पहुँचे। उनके उत्साह की बातें करते विद्यार्थी थकते नहीं थे। ओलम्पिक खेल बच्चे देखें इसके लिए अपने रुपयों से टी.वी., वी सी आर खरीद लाए थे। ओलम्पिक के सभी खेलों की वीडियो केसेट बनवाकर स्कूल के समय के बाद जिन विद्यार्थियों की रुचि हो उन्हें रोज़ एक घंटा उन खेलों के दृश्य दिखाते। कभी इटालियन पीज़ा या मेक्सिकन फूड के बारे में पढ़ते तो तुरन्त अपने पास से सारी सामग्री लाकर विद्यार्थियों से पीज़ा या मेक्सिकन फूड बनवाकर सभी प्रेमपूर्वक खाते। कोई नई पुस्तक पढ़ते तो उसके बारे में बच्चों से कहे बिना नहीं रहते। पास में कोई सर्कस आया हो तो अनुराग सर पूरे स्कूल को वहाँ

ले जाने का आयोजन नहीं करें कभी ऐसा नहीं हुआ। अनुराग सर मानों जीती-जागती, धूम मचाती ऊर्जा की प्रयोगशाला हो।

कुछ न कुछ नया करने का उत्साह, सदा विद्यार्थियों के लिए नया खोजने की उनकी प्रकृति थी। एक भयानक दुर्घटना ने अनुराग सर की मानो ज़िन्दगी ही छीन ली। अनुराग का चुम्बक जैसा व्यक्तित्व कोने में बेकार पड़े काई लगे लोहे के टुकड़े के समान हो गया। अनुराग के कदमों में बल नहीं रहा, शब्दों ने मानों समाधि ले ली थी, आँखें अब ऊपर उठने को तैयार नहीं थीं। एक ही वर्ष में उनका शरीर हाड़पिंजर बन गया था।

अनुराग का सतत सक्रिय, संवेदनशील, परोपकारी जीवन अपराधबोध की भयंकर पीड़ा से कराहता था। एक संवेदनशील जीवन संवेदना में ही समा जाए तभी उसकी संवेदनशीलता की तीव्रता का अहसास होता है।

अनुराग के उत्साह और सक्रियता ने ही उसके जीवन को उजाड़ दिया था। अनुराग की चीत्कार और सिसकियाँ सुनकर उपस्थित सभी को एक वर्ष पुरानी दुर्घटना का स्मरण हो आया।

एक वर्ष पहले गाँव में कुत्ते से विविध करामात करवाने वाला बाजीगर आया था। गली-मुहल्ले में कुत्ते से हैरतपूर्ण करतब दिखाते हुए वह रोजी कमा रहा था। अनुराग की इच्छा स्कूल में उसके करतब दिखलाने की हुई। वह बाजीगर और कुत्ते को स्कूल में विद्यार्थियों के सामने उनके करतब दिखलाने ले आए। बाजीगर द्वारा करवाये गए सभी करतब कुत्ता कर रहा था। पाँच, दस या सौ के नोट को परखकर वह ले आता था। वह कुत्ते के द्वारा ऐसे विद्यार्थी को खोज निकलवाता जिसकी जेब में लाल, हरा या पीले रंग का रूमाल रखा हो। कुत्ता इतना अधिक प्रशिक्षित था कि बच्चे और शिक्षक आश्चर्य में पड़ गए। इतने में बाजीगर ने कुत्ते से कहा कि जिस बच्चे ने अपने घर में चोरी की हो, उसे पकड़े। कुत्ता एक-दो चक्कर लगाकर अचानक अमर के पास खड़ा हो गया। कुत्ते ने अमर को चोर का प्रमाणपत्र दे दिया। विद्यार्थियों ने ताली बजाई। तमाशा पूरा होते सब अपनी-अपनी कक्षाओं में चले गए। सभी कुत्ते की करामात पर फिदा थे, पर अमर के होश-हवास उड़ गए थे। बच्चों के आनन्द से वह दूर हो गया। आधी छुट्टी में सभी बच्चे बाहर निकलते ही अमर को 'अमर चोर' कहकर चिढ़ाने लगे। शाम को स्कूल छूटते ही चारों ओर 'अमर चोर, चोर, चोर' ही सुनाई

दे रहा था। नन्हे अमर का कोमल मन यह सहन करने में अक्षम था। घर पहुँचकर वह रात को सो भी नहीं सका। सारी रात 'अमर चोर', 'अमर चोर' की आवाज़ें उसके मन में गूँज रही थीं। निर्दोष अमर के लिए जीना ही असह्य हो उठा। सुबह उठकर पुस्तकों का थैला ले, माता-पिता के पैर छूकर वह स्कूल के लिए निकल पड़ा। असह्य आघात से वह उबर नहीं पाया था। स्कूल के पास के रेलवे फाटक तक वह पहुँचा था। कल उसने कुत्ते से प्रमाणपत्र लिया था, आज वह रेल के इंजन से सच्चाई का प्रमाणपत्र लेने की प्रतीक्षा कर रहा था।

इतने में तेज गति से आ रही ट्रेन की आवाज़ सुनाई दी। बालक अमर मानो अभय हो गया। ट्रेन के पास आते ही उसने पुस्तकों के थैले को रखकर उसके आगे छलांग लगा दी। पलभर में अमर के शरीर के टुकड़े-टुकड़े बिखर गए। अमर 'अमर' हो गया। उसकी विदाई हो गई पर उसका आघात अनुराग की ज़िन्दगी पर पड़ा। वह अपने को कभी माफ नहीं कर सके। कुत्ते के करतब अमर के लिए मौत बन गए। वही अमर का हत्यारा है, इस अपराध बोध ने संवेदनशील अनुराग के जीवन में पश्चाताप की आग लगा दी। वह अन्दर से मर चुका था। शून्य मनस्क अनुराग आज पहली बार सिसकियों के साथ रोया था। स्कूल के बच्चे भी अमर को चोर कहने के अपराधबोध से दुखी थे। अनुराग सर के चीत्कार के साथ सैंकड़ों बालक फूट-फूटकर रोने लगे।

अमर के माता-पिता ने अनुराग को बहुत सांत्वना दी। बच्चों ने भी उन्हें सहज बनाने के लिए काफी प्रयास किया। अमर की प्रथम पुण्यतिथि पर हर ओर आँसुओं की अंजलि दी जा रही थी। हिम्मत करके अमर की माता एक वाक्य बोलीं—''अमर सचमुच 'अमर' है।''

अमर के माता-पिता उसे तो नहीं बचा पाये थे, पर उन्होंने अमर के लिए प्रति क्षण मर रहे अनुराग सर को बचाने का संकल्प किया। अनुराग का आज का चीत्कार...मानो उसमें गहरे समाई हुई जिजीविषा को दर्शाता था। पुण्यतिथि पर अमर के माता-पिता की सांत्वना के बोल और संवेदनशील स्पर्श से आज अनुराग के पुनर्जन्म की आशा का अवतरण हुआ था।

●

आज के शिक्षा जगत के लिए अनुकरणीय कहानी

–प्रो. प्रियकान्त परीख*

अब साठ-सत्तर वर्ष की उम्र वाले अधिकतर कहानीकार उस समय की लोकप्रिय कहानी पत्रिकाओं–'चाँदनी' और 'आराम' के द्वारा प्रसिद्ध हुए थे। इन पंक्तियों का लेखक उनमें से एक है।

आज के गुजरात, सौराष्ट्र, महाराष्ट्र के किसी समृद्ध दैनिक के पास उपप्रकाशन के रूप में कोई कहानी-मासिक पत्रिका नहीं है, यह गुजराती कहानी साहित्य का दुर्भाग्य है।

सर्जक पहले मात्र सर्जक होता है। उसकी कलाकृति की बात करें, उस समय उसकी सामाजिक, राजकीय, धार्मिक, वैज्ञानिक या औद्योगिक क्षेत्र की उपलब्धियों या उनके प्रभाव सर्जक का अतिक्रमण नहीं कर जाए, इसकी सजगता बहुत ज़रूरी है। अन्य प्रतिष्ठाओं को छोड़कर, सर्जक के रूप में ही मूल्यांकन करना सही है।

श्री नरेन्द्र भाई मोदी के कहानी संग्रह–'प्रेमतीर्थ' में संगृहीत 'अनुराग का पुनर्जन्म' कहानी का मूल्यांकन करना हो तो वे चाणक्य-मेधा रखनेवाले प्रखर वक्ता, पाँच करोड़ गुजरातियों और गुजरात की अस्मिता के संरक्षक, गुजरात राज्य के मुख्यमन्त्री हैं, ऐसे बहुआयामी व्यक्तित्व को छोड़कर केवल कहानीकार नरेन्द्र भाई मोदी की खूबियों एवं सीमाओं का निरीक्षण करना चाहिए और मैं वही करूँगा।

श्री नरेन्द्र भाई के कहानी संग्रह 'प्रेमतीर्थ' की कहानियाँ जवानी के समय रची गई थीं और 'चाँदनी, 'आराम' पत्रिकाओं में प्रकाशित हुई थीं। इनमें 'अनुराग का पुनर्जन्म' में एक गाँव के स्कूल का प्रतिनिधित्व करवाते हुए आदर्श शिक्षा जगत की कल्पना की गई है।

प्रारम्भ में स्कूल की भव्य इमारत, खेल-कूद की सामग्री, वेशभूषा, कक्षाएँ, पाठ्य पुस्तकें, प्राकृतिक वातावरण, वही शिक्षक और विद्यार्थी, वही कार्यकलाप है, परन्तु स्कूल

* लोकप्रिय गुजराती उपन्यासकार एवं प्राध्यापक, 8 मेघवर्षा अपार्टमेंट, नजदीक चम्पारन पोस्टऑफिस, आश्रम रोड अहमदाबाद-380013

का सत्व नष्ट हो गया हो, ऐसी वीरानी का आलेखन करके सर्जक ने विषाद से कहानी का प्रारम्भ किया है।

एक समय बच्चों के आनन्द और किलोलों से गूँजती, आदर्श शिक्षक और प्रेम सम्बन्ध से बँधे विद्यार्थियों से चहकते स्कूल में ऐसा क्या घटित हो गया कि जीवंतता पर विषाद की छाया घिर आई?

सर्जक ने फ्लैश बैक का उचित उपयोग किया है। ''सूरज की तेज़ धूप के बीच मानो अंधकार उग आया हो। आँखें खुली हुई थीं..फिर भी कोई वर्तमान में नहीं था। सभी की आँखें एक वर्ष पहले का दृश्य देख रही थीं''—जैसे काव्यात्मक गद्यांश से लेखक हमें कार्य-कारण की ओर ले जाता है।

यह कोई डिटेक्टिव या रहस्यमय कहानी नहीं है, शुद्ध शैक्षणिक कहानी है, जो एक के बाद एक घटनाओं के उद्घाटन से हमारी जिज्ञासा वृत्ति को जागृत करती है।

बिजली की तरह एक चीत्कार सबको कँपा गया। फूट-फूटकर रोती, जम गई, वह आवाज़ एक वर्ष बाद सबके कानों से टकराती थी। एक वर्ष से रुकी वह आवाज़ आँसुओं के साथ सिसकी द्वारा प्रकट हो रही थी। ''यह किसकी सिसकियाँ हैं?'' पाठक के चित्त में जिज्ञासा होती है।

सर्जक जिज्ञासावृत्ति को पूर्ण करते हुए कहता है—''यह सिसकियाँ उनके प्रिय शिक्षक अनुराग सर की हैं।'' ऐसा क्या हो गया कि अनुराग सर सिसकियाँ ले रहे हैं?

लेखक हमारी जिज्ञासावृत्ति को पुनः उत्तेजित करता है—''अमर की पुण्यतिथि तो मानो अनुराग सर की जन्मतिथि बन गई।''

एक वर्ष पहले मृत्यु पाये विद्यार्थी अमर के लिए अनुराग सर स्वयं को दोषी मानकर, अपराध बोध इस तरह अनुभव करते हैं, मानो जीवित होते हुए भी जीवित ही न हों। लेखक कुछ ही शब्दों में अनुराग सर के व्यक्तित्व को उकेरता है—''अनुराग सर मानो स्कूल के प्राण...जब से स्कूल में आए, तब से स्कूल का वातावरण प्रफुल्लित हो गया था। स्कूल की दीवारें, पेड़-पौधे यहाँ तक कि स्कूल का घंटा भी अनुराग सर की उपस्थिति से जीवंतता महसूस करता था।''

अनुराग सर को विद्यार्थियों से अपार प्रेम था। बच्चे ओलम्पिक खेल देखें इसलिए अपने रुपयों से टी.वी., वी सी आर ले आए। स्कूल के समय के बाद जिसकी इच्छा हो उसे रोज़ एक घंटा बनाई हुई वीडियो केसेट दिखाते। कभी-कभी पीज़ा-मेक्सिकन फूड अपने खर्च से बनवाते और बच्चों को खिलाते। गाँव में सर्कस आया हो तो बच्चों

को दिखाने ले जाते ।...इस तरह बालकों के सर्वांगीण विकास में अनुराग सर की उत्कट रुचि थी। बच्चे उनका दूसरा व्यक्तित्व थे।

एक वर्ष पहले कुत्ते से तरह-तरह के आश्चर्यजनक करतब करवाने वाला बाजीगर उस गाँव में आया था। बच्चों को आनन्द आएगा, इस उद्देश्य से अनुराग सर उसे स्कूल ले आए। कुत्ता, पाँच, दस या सौ के नोट को पहचान लेता था।...बाजीगर ने कुत्ते से कहा—''जिस विद्यार्थी ने घर में चोरी की हो, ऐसे विद्यार्थी को बताए।'' यह कहानी की पराकाष्ठा है।

कुत्ता अमर के पास आकर खड़ा हो गया (अनुराग नायक है तो अमर उपनायक है।) कुत्ते ने अमर पर चोर का लेबल लगा दिया। आधी छुट्टी में विद्यार्थी 'अमर चोर...अमर चोर' बोलकर उसे चिढ़ाने लगे। अमर का कोमल हृदय नींद में भी 'अमर चोर...अमर चोर' की प्रतिध्वनि सुनने लगा। निर्दोष अमर के लिए आघात सहन करना असह्य हो उठा।

सुबह अमर माता-पिता के पैर छूकर, पुस्तकों का थैला कन्धे पर उठाकर स्कूल के स्थान पर रेलवे की पटरियों के पास जाता है और तेज़ी से आ रही ट्रेन के आगे कूदकर आत्महत्या कर लेता है। लेखक ने उचित शब्दों का प्रयोग किया है—''वह रेल के इंजन से सच्चाई का प्रमाणपत्र लेने की प्रतीक्षा कर रहा है।''

अमर की मृत्यु का कारण स्वयं को मानकर अनुराग अपने को हत्यारा मानकर, पश्चाताप की आग में जलता है। स्कूल के बच्चे भी अमर को चोर कहने के अपराध पर स्वयं फूट-फूट कर रोने लगे।

अमर की पुण्यतिथि पर उसकी याद में उसके माता-पिता बच्चों को मिठाई बाँटने आए थे। वातावरण गमगीन था।

उसके समझदार माता-पिता अमर के कारण प्रतिक्षण मर रहे अनुराग सर को सांत्वना देते हैं और उन्हें जीवन की ओर वापस लौटाने का संकल्प लेते हैं। माता हिम्मतपूर्वक अमर को श्रद्धांजलि अर्पित करते हुए कहती हैं—''अमर सही रूप में अमर है।''

अमर की माता के इस वाक्य ने संजीवनी का कार्य किया था। अनुराग का चीत्कार उसके अन्दर पड़ी जिजीविषा के लिए प्राणवायु बन जाता है। अमर के माता-पिता के सांत्वना के शब्दों का मरहम संवेदनशील अमर की पुण्यतिथि पर अनुराग को पुनर्जीवन-पुनर्जन्म देता है।

लेखक के कला कौशल का प्रमाण है कि कहानी का प्रारम्भ अन्त बनकर और

अन्त प्रारम्भ बनकर परस्पर एक-दूसरे में ओतप्रोत हो जाते हैं, इस पर ध्यान देना चाहिए।

कहानी सीधी-सादी, सरल गाँधी शैली में प्रारम्भ होती है, विकसित होती जाती है। कहीं अंग्रेज़ी शब्दों का विनियोग दिखाई नहीं देता। कहानी में शब्दकोश खोलकर शब्दों के अर्थ देखने पड़ें ऐसे क्लिष्ट और पांडित्यपूर्ण शब्दों के निरर्थक प्रयोजन से कहानी बची हुई है।

आज के शिक्षा जगत को अनुराग जैसे विद्याप्रेमी शिक्षक, अमर (आत्महत्या के सन्दर्भ में नहीं) जैसे विद्यार्थी और अमर के माता-पिता जैसे समझदार संरक्षकों की बहुत ज़रूरत है। आज तो विशेष रूप से ज़रूरत है जब शिक्षा के क्षेत्र में डोनेशन, सेल्फ फायनेन्स, बच्चों की रीढ़ की हड्डी झुका दें ऐसे भारी स्कूल बैग, भेड़-बकरियों की तरह बच्चों को भरते स्कूल रिक्शा, अंग्रेज़ी माध्यम की ओर दौड़ मची हो। वर्षों पहले लिखी इस कहानी में निरूपित शिक्षा जगत आज और अधिक प्रासंगिक है।

मैं आज खोज रहा हूँ—अनुराग जैसे 'सर' को। मिलेंगे? शायद हाँ, शायद ना।

'अनुराग का पुनर्जन्म' जैसी सुन्दर, सहज और कलात्मक कहानी के लेखन के लिए श्री नरेन्द्र मोदी को धन्यवाद। और चाहता हूँ कि उनकी लेखनी से अधिक से अधिक कहानियाँ लिखी जाएँ। क्या हमारी इच्छा पूरी होगी?

नरेन्द्र मोदी की सूक्तियां

हम सब में गुण भी हैं और अवगुण भी। ज़िन्दगी में सफल वही होते हैं जो अपने गुणों पर अपना समय और प्रयास केन्द्रित करते हैं।

●

मेहनत करने से थकान नहीं होती, उससे संतोष का अहसास होता है।

●

समाज की सेवा का अवसर हमें अपना ऋण उतारने का मौका देता है।

●

सपने वे नहीं होते जो आप सोते हुए देखते हैं, सपने वे होते हैं जो आपको सोने नहीं देते।

●

सबसे बड़ा गुण है अपने आप में विश्वास। अगर आप मानते हैं कि आप कोई काम कर सकते हैं, तो अवश्य ही कर पाएंगे। और अगर मानते हैं कि आप नहीं कर पाएंगे, तो नहीं कर सकेंगे।

●

काम को ही महत्त्वाकांक्षा बन जाने दीजिए।

●

जैसे दीपक की लौ ऊपर की ओर उठती है वैसे ही हर व्यक्ति में ऊपर उठने की एक स्वाभाविक प्रवृत्ति होती है। इस प्रवृत्ति को बढ़ावा दें।

•

अपने आसपास के समाज में बदलाव लाने का छोटा-सा बीज भी आप बोएंगे तो वह भी भविष्य में फल देगा।

•

मेरे लिए धर्म का मतलब है काम के प्रति निष्ठा। और निष्ठापूर्वक काम करना ही धर्म है।

•

आपके सपने स्थिर होने चाहिए। जब सपने स्थिर होते हैं तो वह संकल्प बन जाते हैं और मेहनत के साथ यही सपने सिद्धि बन जाते हैं।

•

कोई व्यक्ति बड़ा या छोटा नहीं होता है। यदि हम हर व्यक्ति के आत्म सम्मान को बढ़ाने पर अपनी कोशिश केन्द्रित करेंगे तो अवश्य ही बदलाव आ सकता है।

•

लोकशक्ति को सुशासन के साथ जोड़ देने से समाज में मौलिक परिवर्तन आ सकता है और लोकशक्ति और सुशासन की जुगलबंदी तकरीबन सब कुछ हासिल कर सकती है—भ्रष्टाचार हटाने से लेकर समाज में कुपोषण, अशिक्षा हटाने तक।

•

समस्या मन की नहीं मानसिकता की है।

•

सत्य, शांति और अहिंसा ये तीन सिद्धांत हैं जिन पर 'भारत' की बुनियाद खड़ी है।

•

राजनीति में कोई पूर्ण विराम नहीं होता।

•

मेरे लिए राजनीति महत्त्वाकांक्षा नहीं है...बल्कि एक मिशन है।

•

इच्छा + स्थिरता = संकल्प। संकल्प + कड़ी मेहनत = सफलता।

•

केवल वो जो निरंतर चलते रहते हैं बदले में मीठा फल पाते हैं...सूरज की अटलता को देखो—गतिशील और लगातार चलने वाला, कभी ठहरने वाला नहीं है...इसलिए बढ़ते रहो।

•

मेरे जीवन में 'मिशन' (लक्ष्य) सब कुछ है। एम्बीशन (महत्त्वाकांक्षा) कुछ भी नहीं...यदि मैं नगर निगम का भी अध्यक्ष होता तो भी उतनी ही मेहनत से काम करता जितना मुख्यमंत्री होते हुए करता हूं।

❑ ❑ ❑

www.ingramcontent.com/pod-product-compliance
Lightning Source LLC
LaVergne TN
LVHW091716190726
843493LV00001B/329